집을
고치며。

마음도
고칩니다。

집을 고치며,

정재은 지음

마음도 고칩니다.

앤의서재

Prologue

집을 통해
비로소
진짜 나를
만났다

예전에 나는, 무기력하고 우울했던 나를 데리고 자꾸만 먼 곳으로 떠났다. 타클라마칸의 태양, 안나푸르나의 별, 바욘 사원의 미소 같은 것들을 만나야 나 자신을 오롯이 바라보는 일이 가능하다 생각했기 때문이다. 일상에서 벗어나는 용기를 통해서 비로소 삶이 달라질 수 있을 거라 기대했다.

물론 그런 발걸음들이 무기력에 침잠하던 나의 인생을 흔들어 깨우긴 했다. 그러나 그 너머에서 찾은 답들은 대체로 내가 서 있는 '여기'에 잘 적용되지 않았다. 그곳에서 들고 온 굳은 다짐들에도 삶은 그다지 쉬워지지 않았다. 그저 현재를 버티며 너머를 향한 꿈에서 힘을 얻는 삶이 반복됐다.

나의 삶이 달라진 건, 아이러니하게도 너머의 그곳이 아니라 매일 같은 하루가 반복되는 '집'에서였다. 우연히 낡고 오래된, 작은 집을 만나 고쳐 짓게 되면서다. 낡고 오래되긴 했지만, 운명처럼 만난 그 집은 버텨온 시간들에 대한 보상 같았고, 꿈꿔오던 시간들의 시작 같기도 했다. 하지만 한껏 기대에 부풀어 고쳐 지은 집에서의 하루하루는 생각만큼 쉽지도 편하지도 않았다. 시간이 지날수록 불편해지기만 했다.

집을 새로 짓거나 고치기 위해 수많은 그림을 그리는 동안, 삶의 방향을 확인하고, 그 안에 담길 날들을 상상하며, 우리다운 삶을 명확히 규정했다고 생각했다. 그러나 막상 새로운 다짐과 의지로 완성했다고 여긴 집에서 마주한 건, 결핍과 비뚤어진 보상심리 같은 과거였고, 그것으로 인해 불편한 지금이었다. 수차례 담 너머로의 발걸음으로도 달라지지 못했던 원인이 과거 또는 미래의 언저리에서 서성댄 수많은 나 때문이었음을, 새 집의 모습을 보며 새삼 깨닫게 된 것이다.

불편한 동거를 더는 이어가서는 안 된다는 결심이 선 것도 그때다. 결국 불편해진 집을 몇 해에 걸쳐 하나하나 다시 고쳤다. 그 과정에서 바랐던 나와 바라는 나를 모두 내려놓았고, 비로소 홀가분하고 적당히 만족스러운 내가 될 수 있었다. 그제야 진짜 나에게 맞는 삶이 어떤 건지도 알게 됐다. 나의 전부를 바라보는 일도 '집'을 통해 비로소 가능해졌다. 내가 살아가는 '지금, 여기'에서 말이다.

내가 사는 집은 서 있기 불편한 복층 공간과 손바닥만 한 마당이 딸린 12평 단층집이다. 이 작은 공간에서 나는 하루 24시간을 보낸다. 아홉 시가 되면 다락방으로 출근을 하고, 식사 때가 되면 부엌으로 내려와 음식을 만들고, 틈틈이 집안일을 하면서, 하루 세 번 반드시 산책을 하셔야 하는 반려견의 집사(?) 역할도 충실히 하며, 매일의 삶을 살고 있다.

더 이상 버티는 오늘이 아니고, 마음도 담 너머가 아닌 여기에 있다. 어제가 오늘 같고 내일이 오늘 같은 나날이지만, 분명 오늘은 어제와 다르고 내일은 오늘과 다를 것임을 안다. 10평 남짓 작은 공간에서, 타클라마칸의 태양, 안나푸르나의 별, 바욘 사원의 미소들을 충만하게 느끼며 매일의 달라지는 공기와 새롭고 낯선 감정들에 설레며 오늘을 살아가고 있다. 지금 내 삶은, 분명 달라졌다.

'먹는 것이 곧 내가 된다'는 말을 좋아한다. 나를 위하는 답이 가장 평범한 일상에 있어서다. 여기에 덧붙여 '사는 곳이 곧 나'라고 말하고 싶다. 무엇이 되고 싶다, 혹은 무엇을 하고 싶다는 바람이 아니라 그 자체가 나라는 자각. 고치고 가꾼 지금의 집은, 지금의 나다. 이것이 내가 삶을 살아가는 태도이자 다짐이며, 오늘의 마음이다.

집을 통해 나를 알게 되고, 내 삶이 담긴 집을 누리며 '지금, 여기'를 온전히 살아가는 일은 누구에게나 소중하고 또 필요하다. 대부분 집을 습관처럼 쓸고 닦고, 그때그때 기분에 따라 꾸미긴 해도, 그 안에 담긴 나를 찾아

보거나 바라본 적은 아마도 없을 것이다. 닫아놓은 방에 있는 외면하고 싶은 과거와 한껏 꾸며놓은 공간에 놓인 욕망 같은 것들 말이다. 지금의 공간에서 같이 살고 있는 '과거와 미래의 수많은 나'를 만나는 건 나다운 삶을 찾아가는 여러 방법 중 하나가 된다.

뭔가 거창하게 말한 것 같지만, 여행이나 달리기, 혹은 대단한 도전 같은 특별한 경험을 통해서가 아니라, 지극히 일상적인 '집'을 통해 삶이 달라지는 일이, 나다운 삶을 찾는 일이 가능하다는 걸 알게 되어 너무 행복하다. 그래서 이 경험을 나누고 싶었다. 이 글이 집에 담긴 자신만의 이야기를 발견하고, 집에 '지금의 삶'을 담는 의미를 돌아보는 기회가 된다면 더할 나위 없이 행복할 것 같다.

Contents

Part 3.

집에 내 삶을 담아갑니다

Part 4.

집에서 세상 밖을 여행합니다

Part 1.

살고 싶은 집을 만났습니다

나는

운명이란 것을

믿는다.

모든

만남에는

이유가

있다.

모든 만남에는 이유가 있다

내내 머릿속에서 그 집이 떠나지 않았다. 아니, 그 길이 떠올랐다. 이곳에서 살면, 나도 스스로를 더는 재촉하거나 다그치지 않고, 조금은 너그럽고 여유로운 마음으로 삶을 돌볼 수 있을 것 같았다.

운명이라는 것을, 나는 믿는 편이다. 어느 날 느닷없이 했던 시도도, 갑작스레 결정한 이직도, 그래서 만나게 된 사람도, 그리고 남편도 모두 운명이라 생각한다. 나의 지난 날들과 그때의 선택, 그때로부터 이어져온 오늘을 온전히 받아들이기 위해 운명이라고 단정 짓는 걸지도 모르겠다. 따지고 보면 잘 짜인 소설처럼 촘촘하게 연결되는 상황들과 그 결과로 이루어진 만남들을 운명이라는 말로밖에는 도저히 표현할 수가 없다. 집도 예외는 아니다.

이 집을 만난 건, 정말 우연이었다. 새로 이사한 집에서 산 지 겨우 6개월. 전세 계약 기간이 1년 6개월이나 남은 상황에서 무슨 바람이 불었는지 남편이 갑자기 집을 보러 다녔다. 처음엔 말 그대로 그냥 보러 다닌 것이었다.

막 퇴사를 하고 프리랜서가 된 남편은 점심 식사 후 텔레비전을 보며 휴식을 취했는데, 주로 일본의 협소주택을 소개하는 프로그램이었다. 그래서 서울 또는 그 주변에 우리가 살 수 있는 협소주택이 있는지 궁금했던 모양이다. 꼭 협소일 필요는 없지만, (협소여야 한다가 아니라 협소일 수밖에 없는, 이었지만) 아무튼 단독주택.

무더운 여름 홍은동, 홍지동, 성산동, 수색을 지나 행신동과 그 너머까지 단독주택이 있는 동네를 다 다녔다고 했다. 그러고는 단독주택 자체가 별로 없다는 얘기와 무엇보다 우리가 가진 돈, 혹은 2년 사이 모을 법한 금액으로 살 수 있는 집은 없다는 얘기를 해주었다. 주택은 대개 컸고, 그래서 입이 다물어지지 않을 정도로 비쌌다.

"지금 집 전세금이랑 얼마 차이 안 나는 집이 있어!"

며칠 뒤 다시 집을 보러 나선 남편이 약간 흥분된 목소리로 전화를 걸어왔다.

"동네가 엄청 좋아. 근데 집이 너무 별로야."

그 동네에서 그야말로 흔치 않은 작은 집이 매물로 나와 있는데, 내놓은 지 한참 되어 그런지 집이 엉망이라고 했다. 집주인이 집을 팔려고 세입자를 내보내긴 했는데, 그 규모의 집을 찾는 사람이 없어 오래 방치된 모양이었다. 좀 더 보고 나서 얘기를 해주겠다고 전화를 끊은 남편은, 결국 '쥐가 나올 것 같다'며 난색을 하고 돌아섰다고 했다. 그런데 다음 날 부동산에서 전화가 걸려왔다. 집주인이 가격을 더 낮춰주겠다고 했단다. 남편이 그 집을 본 유일한 사람이었던 것이다. 집주인은 정말 애가 탄 듯했다.

전세 기간도 한참 남았는데 쓸데없는 짓을 한다며 잔소리를 해대던 나도 호기심이 일어 그 집을 보러 나섰다. 유난히 흥분했던 남편의 목소리와 집주인이 제시한 가격이 나를 부추긴 탓이다.

동네에 들어서자마자 눈이 휘둥그레졌다. 서울에 이런 동네가 있었나 싶었다. 낮은 주택들이 모여 있고, 그래서인지 길에는 햇살이 가득했다. 담장 밖으로 저마다 다른 나무가 가지를 뻗어 싱그러움을 더했다. 어느 집엔 장미가, 어느 집엔 능소화가, 어느 집엔 배롱나무 꽃이 피어 골목을 환히 밝혔다. 모든 게 너무 정겨웠다.

집은 정말 오래되고 낡고 볼품없었다. 동네와 조금도 어울리지 않았고, 그 예쁜 골목의 옥의 티 같았다. 넓은 마당이 딸린 집과 번듯한 이층집 사이에 끼어, 잔뜩 주눅 든 모습이 안쓰럽기도 했다. 부동산에 연락을 하고 간 게 아니라서(연락을 다시 했다가는 정말 코가 꿸 것 같았다) 내부는 보지 못했지만, 보지 않아도 알만했다. 남편 말마따나 꼭 쥐가 나올 것 같았다.

그 집을 뒤로 하고, 온 김에 동네를 둘러봤다. 평일 한낮이라 그랬는지 유난히 고즈넉했다. 어디서인지 처음 듣는 맑은 새소리도 들렸다. 새라고는 뒤룩뒤룩 걸어다니는 비둘기만 봐온 터라, 작은 참새들이 담장 위를 총총거리는 모습마저 신기했다.

동네를 둘러싸고 있는 산에서 바람도 불어 내려오는 것 같았고, 저마다 다른 담과 대문 모양은 신선했으며, 집들 사이 숨어 있는 예쁜 공방과 카페에 마음이 뛰었다. 이곳에서 이 공기를 마시고 살면, 나도 스스로를 더는 재촉하거나 다그치지 않고, 조금은 너그럽고 여유로운 마음으로 삶을 돌볼 수 있을 것 같았다.

내내 머릿속에서 그 집이 떠나지 않았다. 아니, 그 길이 떠올랐다. 동네가 너무 마음에 들었고, 그 집이 자리한 곳이 너무 욕심이 났다.

"그곳에 …… 집을 지으면 어떨까?"

저녁을 먹다 불쑥 남편에게 물었다. 의사를 물어보는 말투였지만, 설득에 가까웠다.

우리는 몹시 가난하게 시작했다. 그리고 사정이 생겨 결혼한 지 6개월 만에, 그것도 하루아침에 신혼집에서 쫓기듯 나오게 됐다. 전세금도 돌려받지 못해 그야말로 무일푼 신세가 되었다.

짐을 이삿짐센터에 맡겨놓고 하루는 선배 작업실에서, 하루는 어느 허름한 여관에서, 하루는 찜질방에서 밤을 보낸 뒤 아무 일 없었던 듯 출근을 했고, 여기저기 대출을 알아보며 퇴근 후엔 집을 찾아 헤맸다. 겨우 마련한 돈으로, 그것도 최대한 빨리 들어갈 수 있는 집은 거의 없었다. 그 상황 앞에서 울컥해지지 않는 집 또한 없어 난감했다. 머리와 달리 현실을 받아들이지 못하는 마음 때문에 자꾸만 비참해졌다.

하지만 다행히도 절망은 금세 끝이 났다. 일주일이 채 지나지 않아 우리를 품어줄 집을 만나게 된 것이다. 마을버스 정류장 건너편에 있는 작은 빌라였는데, 길가로 큰 창이 있어서였는지 곰팡내에도 환하고 따스한 기운이 느껴졌다. 울컥하던 마음이 드디어 안도의 숨을 내쉬었다. 그곳에서라면 다시 마음을 다잡을 수 있을 것 같았다. 마치 우리를 기다리고 있었던 듯 비어 있던 그 집 덕분에 떠돌이 생활은 일주일 만에 끝이 났고, 우리는 좌절 없이 다시 시작할 수 있었다.

따지고 보면 그리 오래된 일도 아니다. 절망적이었던 시작을 딛고 일어나, 내내 악착같이 살아왔고, 빚 없는 생활을 살게 된 것도 얼마 되지 않은 때였다. 가난했던 시작에 비하면 꽤 넉넉해졌지만, 서울에 사는 한 2년마다 이사를 다니는 삶은 어쩔 수 없을 거라 생각하던 차였다. 그래도 그게 어디냐며 만족했는데…….

갑자기 세입자가 아닌 소유주가 될 수 있다는 생각에 밤잠을 설쳤다. 절망적이던 날로부터 그리 오래지 않아, 어쩌면 소유주가 될 수 있는 우리가 기특하기까지 했다. 감동에 젖어 조급증마저 생겨났다. 이 기회를 놓치면 다시 새로운 기회를 만날 때까지 얼마나 더 기다려야 할지 알 수 없다는 생각이 들었다. 굳이 이 시점에 남편이 집을 보러 다닌 것도 그 집을 만나기 위해서가 아니었을까 싶었다.

무기력하기만 하던 이십대 때, 새로운 걸 뭐라도 배워보라는 선배의 조언에 회사 근처 한 신문사에서 운영하는 아카데미를 찾아간 적이 있다. 그곳에서 고등학교 동창을 만났는데, 얼굴은 알지만 이름은 바로 떠오르지 않는 친구였다. 그 친구도 나처럼 혼자였고, 우린 첫 수업을 마치고 함께 저녁을 먹었다. 저녁 내내 친구는 자기 처지와 회사에 대한 불만을 토로했다. 그리고 마침 사람을 뽑는다는 정보를 툭 던졌다.

당연히 "너 해볼래?"가 아니라 "이딴 곳에 누가 들어온다고 사람은 뽑는대"라는 말투였다. 친구 말대로라면 엉망인 회사임이 분명한데 이상하게 그 회사에, 그 일에 호기심이 일었다. 내게 무기력 위에 꽃핀 호기심은 대단한 것이기에, 다른 건 따지지도 않고 이직을 했다. 그리고 그곳에서 내 삶을 마구 들썩거리게 만들어준 친구를 만났다. 무식욕자 같던 나와 달리, 달고 쓰고 맵고 짠 인생의 모든 맛을 흡수하기 위해 자신을 겁 없이 여러 삶에 던져 넣던, 에너지가 마구 넘치는 친구였다.

그때 회사를 옮기지 않았더라면, 그 친구를 만나지

못했더라면, 친구의 부추김에 용기 내어 길 위에 서보지 않았더라면, 그 길에서 그 사람을 만나지 않았더라면, 아마 나는 여전히 무기력을 내 인생처럼 끌어안고 평범을 가장한 채 숨죽이고 살고 있을지도 모른다.

다행히 내게 찾아온 그 운명 같은 만남들 덕분에 나를 억지로 잡아끌어 사람들 속에 세우지 않아도 된다는 것을, 세상엔 얼마든지 다른 삶이 있다는 것을, 누군가가 가리키는 방향이 아닌 내 나침반이 가리키는 방향으로 가면 된다는 것을, 서두를 필요가 없다는 것을 깨달을 수 있었다. 그리고 세상살이 기술이 하나도 없는 약하고 겁 많은 나를 가만히 응원해줄 수 있었다.

그때 우리가 하루아침에 쫓겨나지 않았다면, 그렇게 삶에 닥친 절망을 마주하지 못했다면, 다시 시작하는 경험을 해보지 못했다면, 아마 우리는 지금처럼 단단하지도 끈끈하지도 않았을 것이다. 작은 실망에도 매번 크게 휘청거렸을지 모른다. 그때의 상황 덕분에 두려울 게 없어졌고, 절망은 길지 않다는 것을 알았으며, 그 뒤엔 어김없이 손 내밀어주는 만남과 마주한다는 것과, 내게 딛고 일어설 힘이 충분하다는 것도 믿게 되었다.

가난했기에 더 많이 감사하고 작은 것에도 민감하게 행복해할 수 있었다. 가난과 상관없이 얼마든지 행복할 수 있다는 자신감도 얻었다. 삶에 근육이 생겼고, 우리 부부에게는 사랑을 넘어 끈끈한 전우애도 자리 잡았다.

나를 찾아오거나, 또는 기다려주거나, 내가 찾아내거나 하여 이뤄진 모든 만남 덕분에 나는 살아가는 일에 용기를 낼 수 있었고, 단단해졌다. 그런 내가 되게 하려고, 그 만남들이 나를 찾아왔다고 생각한다.

나는 운명이란 것을 믿는다.

모든 만남에는 분명 이유가 있다.

다음 날, 우리는 집을 계약하겠다고 전화를 걸었다.

집을 짓는 일, 나를 들여다 보는 일

타인의 인정 욕구는 지극히 자연스러운 것이니 그럴 수 있다 하더라도, 도가 지나쳐 흔들리지 않아야 하는 나이 '불혹'을 앞두고 타인의 시선을 생각하며 그려낸 집들 앞에서 나는 정말 부끄러워지고 말았다.

당장 계약금을 걸고, 고작 6개월밖에 살지 않은 전셋집을 내놓았다. 도중에 나가는 것이기 때문에 다음 세입자를 알아보는 일은 우리 몫이었다. 때맞춰 세입자가 구해지지 않으면 일이 꼬이게 되는 터라 주변 부동산에 매물을 내놓은 것은 물론, 집 구석구석을 예쁘게 찍어 집 찾는 온라인 카페에 죄다 올렸다.

부지런히 세입자를 찾는 와중에도 우리는 완전히 들떠서 매일매일 새 집에 대한 밑그림을 그려 나갔다. 지붕 모양부터 건물이 들어앉은 형태는 물론, 창문의 방향과 크기, 대문의 위치, 방의 개수와 크기 등 100퍼센트 열린 가능성 앞에서 온갖 꿈을 그려보는 일은 몹시 흥분됐다. 정해진 공간에서 적당히 생활 영역을 나누고 취향에 맞게 꾸미는 것과는 차원이 다른 경험이었다.

넓이가 잘 가늠이 되지 않아 거실에 금을 그어놓고 (우리의 마지막 전셋집은 지금의 집보다 많이 컸다) 각 공간을 늘였다 줄였다 넣었다 빼기를 반복했다. 그간 텔레비전에서 보았던 온갖 개성 넘치고 사랑스럽고 귀여운 작은 집, 한 번쯤 머릿속에 떠올렸던 집들을 전부 스케치북 위에 소환했다.

지금 돌아보면 안타까운 일이지만, 그때 우리는 아이디어가 넘쳐났다. 밥을 먹다가도 일을 하다가도 "이런 건 어때?" 하며 번뜩인 생각을 공유했고, 평소 회의적이고 냉정하던 모습은 어디 갔는지 매번 감탄사를 연발하며 거기에 아이디어를 보탰다. 집을 짓는다는 첫 경험에 들떠서였는지, 아이디어가 샘솟아 그림은 쉽게 완성되었다. 금세 단점이 드러났지만, 그걸 돌아볼 틈 없이 또 새롭게 번뜩인 아이디어에 이끌려 다른 그림을 그리곤 했다. 건축사무소에 상담을 받으러 갈 생각을 하지 않은 건, 우리가 살 집은 우리가 가장 잘 안다는 믿음 때문이었다.

나와 남편은 배낭 여행지, 태국에서 만났다. 친구의 부추김에 용기를 내어 처음 길을 나선 때였다. 무기력한 나를 그곳에 버리고, 산뜻하고 환한 내가 되어 돌아올 수 있으리란 기대를 안고 떠났던 것 같다. 기대감 때문이었는지 4월의 습한 무더위마저 신선했고, 공기는 한없이 가볍고 맑기만 했다. 숙소에서 거리에서 꽤 많은 한국인을 만났다. 휴가가 아닌 여행을 몇 달, 길게는 몇 년 동안 이어가며 자기다운 삶을 찾으려는 사람이 많다는 사실에 충격을 받기도 했다.

여행하는 사람들은 다들 행복해 보였다. 답을 찾은 듯한 사람들의 미소는 무척 자연스러웠다. '대기업을 그만두고, 박사 과정을 밟았지만, 대학 입시를 앞둔 삼수생임에도' 따위의 과거나 처지는 중요해 보이지 않았다. 그들은 '지금 여행을 하고 있다'는 사실에 안도했고, '용기를 내어' 같은 거창한 마음도 내세우지 않았다. 그들을 보며 여행에 대한 기대감은 더욱 커져갔다.

별 준비 없이 혼자 떠난 여행이었지만, 늘 무탈했다. 말도 통하지 않고 지도조차 갖고 있지 않은 낯선 마을에서도 문제없이 의'식주'는 해결됐다. 간혹 운전사나 장사꾼에게 사기를 당하기도 했는데, 어느 선에서는 넘어가고 어느 선에서는 화도 냈다. 화를 내는 일 자체가 내게는 놀라운 사건에 속했다.

키 작은 한국인 여자에게 현지인들은 대체로 호의적이었는데, 친절에 감사하다가도 그들이 친구처럼 굴기 시작하면 부담스러워 피해 다녔다. 축제의 한가운데서도 여전히 어색해하고 쭈뼛거렸으며, 한국인을 만나더라도 허물없이 어울리지는 못했다. 대체로 한국에서처럼 규칙적인 생활을 했고, 주로 강이 보이는 카페에 앉아 일기를 쓰거나 책을 읽는 혼자만의 시간을 가졌다. 나는 그렇게 변한 것 같다가도, 여전했다.

무탈한 여행 덕에 살아가는 일에 자신감을 얻었다. 나를 아무도 모르는 곳에서조차 변신이 불가능한 인간이란 사실에 실망하기도 했지만, '누구나 그러니까'라는 말이 얼마나 폭력적인 것인지 깨달았고, 그런 말들에서 자유로워지자는 다짐에 마음이 가벼워지기도 했다.

여행이 중반을 넘어선 때였다. 하루에 한 번 있는

배를 놓치는 바람에 캄보디아 시하눅빌이라는 낯선 마을에서 하루를 보낸 뒤, 다음 날 태국으로 넘어와 야간 버스를 타고 다음 새벽에 카오산 로드에 도착했다. 그 새벽, 아직 문을 열지 않은 게스트하우스 '만남의 광장' 대기실에서 남편을 만났다. 그때만 해도 우리는 서로에게 여행 정보를 주는 동갑내기 한국인 여행자에 불과했다.

가려는 길이 달라 같이 길을 나서지 않았는데도 이상하게 길에서 계속 다시 만났다. 그리고 라오스 루앙프라방에서 또 재회했을 때, 나는 혼자 술을 마시고 있는 그의 옆자리에 앉아 빈 잔을 내밀었다. 늘 신나고 들떠 있었던 그에게서 무표정을 처음 보았기 때문이었고, 나와 같은 무기력함을 읽었기 때문이었다. 그 자리에서 우리는 정작 친한 친구들에게도 털어놓지 못했던 고민들과 각자가 가진 우울과 불행을 몽땅 꺼내어 보여주었다. 여행을 통해 이제 막 자라나기 시작한 다짐들도.

어쩌면 다시 보지 않을, 익명과 같은 존재라 여겼기에 가능한 시간이었는지도 모른다. 헤어질 때 이메일 주소를 주고받은 건 그냥 인사치레였는데, 우리는 그 뒤 몇 차례 메일을 주고받았고, 몇 년 뒤 서울에서 다시 만났다.

그는 나와 닮아서, 또 달라서 좋았다. 나만큼 무기력했지만 나처럼 수동적이지는 않은 사람이었다. 그가 돈보다는 하고 싶은 일을 선택하는 사람이란 게 좋았다. 그가 내 모든 우울과 불행을, 예전에 낯선 곳에서 품은 다짐들을 알고 있다는 것도 좋았다. 그 다짐들을 지켜주고 응원하며 함께할 수 있으리란 생각에 마음이 놓였다. 같이 동묘 데이트를 할 수 있다는 것도, 둘 다 배낭여행을 다니는 노년을 꿈꾼다는 것도 마음에 들었다(그때는 그런 걸 꿈꿨다). 우리는 그렇게 같은 생각과 같은 꿈을 품은 평생 친구가 되어, 우리 방식대로 살아보기로 했다.

결혼을 하고 갑자기 무일푼 신세가 되면서 가난을 벗어나는 일에 주력해야 했지만, 그 와중에도 돈보다 꿈을 우선하는 선택을 존중했고, 가난 속에서도 낭만을 누리는 걸 잊지 않았다. 빚을 다 갚았을 때 회사를 그만두고 싶다는 남편을 당장의 가계 사정에 개의치 않고 응원해주었고, 몇 달 뒤 나 역시 남편의 응원을 받으며 회사를 그만두고 프리랜서의 길로 들어섰다. 회사 체질이 아닌 우리가 빚 때문에 회사원으로 살아간 시간들을 높이 샀고, 그거면 충분했다고, (남들이 보기엔 정말 짧은 시간일지 모르지만) 그간 정말 고생했다고 축하주를 들었다.

재택근무를 시작하고 허둥지둥 일어나지 않아도 되어서, 불합리한 상황에 마주하지 않아도 되어서, 불편한 인간관계 때문에 에너지를 소모하지 않아도 되어서, 하루하루 방전되지 않아도 되어서 좋았다. 둘이서 평일 오전에 1500원짜리 아메리카노를 마시며 동네를 어슬렁거리는데 너무 행복했다. 우리의 결정이 어떤 결과로 이어질지 알 수 없으나 두려워하지 않기로 했다. 남들보다 뒤처지더라도 상관하지 않기로 했다. 작은 행복들을 쌓아가며 우리 속도대로 걸어가기로 했다.

우리는 정말 우리 방식대로 잘 살아가고 있다고 여겼다. 스스로가 기특하기까지 했다. 그런 자신감에 취해 있었으니, 우리야말로 '자기가 살 집은 자기가 가장 잘 안다'는 말의 표본이라도 된 듯했다.

몇 장의 그림이 완성됐을 때, 우리는 그 그림들을 거실 한쪽 벽에 붙여놓았다. 선택을 위해서이기도 했고, 보완을 위해서이기도 했다. 돌아보면 그때 우리는, 마치 새로 시작한 사업에서 꼭 따내야 하는 중요한 프레젠테이션을 앞둔 사람들 같았다.

인테리어를 하면서 가끔 주택 외부공사도 하는 남편 친구가 집에 들렀다. 집을 짓기 시작하면 각 공정에 따라 일할 사람들을 알아봐주기로 한 터였다(그러니까 우리는 용감하게 우리의 설계로, 남편의 관리·감독 하에, 직영 공사를 하기로 한 것이다). 마침 외부인의, 전문가의 평가가 궁금하던 참이었다.

"너무 튀는데? 짓기도 어렵고, 살기도 불편할 것 같아."

우리가 붙여놓은 그림들을 본 친구의 감상평은 이러했다.

너무 튀고, 불편한.

그랬다. 하나같이 특이한 구석이 반드시 하나쯤은 있어서 남의 이목을 끄는 집, 재미 요소가 있어 집에 놀러온 누군가가 감탄할 만한 집들이었다. 우리에게 필요한 공간을 정하고, 그것들을 되도록 특이하고 재미있게 배치하는 데 집중했던 것이다.

어떤 집은 높은 계단을 따라 올라가면 지붕 양쪽에 각자의 작업실이 나오는 구조로, 멀리서 보면 괴물 혹은 공룡의 눈 같았다. 또 어떤 집은 문을 열면 바로 계단이 나오는데, 반지층부터 2층까지 계단 공간이 뻥 뚫려 있어 대문이 중간에 떠 있는 듯한 모습이었고, 그나마 평범한 집은 책장 뒤에 화장실이 숨겨진, 뭐 그런 식이었다.

분명 '특이한 집'으로 인터넷에 떠돌다 이슈가 될 만한 집들이었지만, 자화자찬 콩깍지를 벗어던지고 보니 확실히 그 집은 살기 위한 집이 아니라 보여주기 위한 집이었다. 그 집에서 살면 작업실에 앉을 때마다 집이 아닌 내가 전시되는 기분이 들 터였다. 집에 들어설 때마다 계단에서 아찔한 기분을 느껴야 할 것이며, 요실금이라도 걸리면 화장실을 가기 위해 무거운 책장 문을 열다 욕이라도 할 판이었다. 정말 나는 이런 집에서 살고 싶었던 걸까. 분명 아니었다. 그런데 왜 그런 집을 그린 걸까.

우리가 그린 집들에는 '우리'가 없었다. 아니 그 안에서 꿈을 키우고 행복을 만들며 편안한 미소를 짓는 우리는 없었다. 집들이를 하며 남들의 감탄사에 우쭐대는 우리만 있었다. 남들이 뭐라 하건 신경 쓰지 않는다고 생각했는데, 왜 내가 아닌 남에게 집중했던 걸까. 타인의 눈총이나 잔소리쯤은 가볍게 무시하고 스위치를 꺼버리면서도, 타인에게 으스대는 일만큼은 하고 싶은 욕구가 있었던 걸까. 그럴 수 없던 상황에서 내내 주눅 들고 쪼그라들었던 욕구가 이때다 싶어 나도 모르게 튀어나왔던 걸까. 내게 정말 그런 게 있었단 말인가.

얼굴이 확 붉어졌다. 당황스러웠다. 잘살고 있다고 기특해했던 나 자신에게 뒤통수를 맞은 듯했다. 가방에 옷에 시계에 반지에 화려하게 치장하고 나온 동창들 사이에서, 가방도 시계도 반지도 없이 동묘에서 3천 원에 '득템'했다고 입이 찢어져라 좋아했던 야상 코트를 입고 앉아 그런 것에 신경 쓰지 않던 내가 거짓이었던가, 의심스러웠다. 하지만 맹세컨대 그곳에 앉아 있던 나는 정말 개의치 않았다. 늘 그런 상황에서 신경 쓰지 않았다. 오히려 그 개의치 않음을 자랑스러워하지 않았던가.

기막히고 당황스러운 마음을 가라앉히고 가만 생각해보니, 결국 그게 문제였다는 결론이 내려졌다. 당당함이 조용하게 내면에서 일어나는 당연함이 아니라, 나를 포장하는 또 다른 수단이었던 것이다. 그저 우리는 좀 다르게 산다는 걸 자랑하고 싶었던 것이다. 우리 가난을, 가난을 헤쳐온 이야기를, 그러느라 남들에 비해 현저하게 뒤떨어진 속도를 '다른 방향'으로 화려하게 포장해 그들에게 부러움을 사고 싶었던 모양이다.

타인의 인정 욕구는 지극히 자연스러운 것이니 그럴 수 있다 하더라도, 도가 지나쳐 흔들리지 않아야 하는 나이 '불혹'을 앞두고 타인의 시선을 생각하며 그려낸 집들 앞에서 나는 정말 부끄러워지고 말았다.

한 달 내내 그렸던 그림들을 다 떼어버렸다. 이사 날짜가 얼마 남지 않은 때였다. 집을 짓는 동안 짐은 모두 이삿짐센터 창고에 맡기고, 딱 필요한 것만 챙겨 근처 원룸에서 생활하기로 한 터였다. 원룸은 일단 3개월만 계약한 상황이었다. 이사 전까지 그림이 완성될 줄 알았고, 이사와 동시에 철거를 시작할 계획이었지만 어쨌든 우리는 한 달을 그렇게 버리고 만 것이다.

마음이 조급했지만, 서둘지 않기로 했다. 급하다고 대충 할 수 있는 일도 아니었다. 이제라도 건축가의 도움을 받을까 했지만 이제 와서 그러기도 싫었다. 어쨌든 우리 손으로 끝까지 해내고 싶었다.

다시 처음으로 돌아갔다. 우리가 놓친 부분에서 시

작하기로 했다. 번뜩이는 생각들에 현혹되지 말고, 차분한 마음으로 질문과 마주했다. 우리가 생각하는 마흔의 날들은 어떤 모습인지. 우리의 첫 집에 어떤 삶을 담고 싶은지. 어떻게 살아가고 싶은지. 그것들만 생각했다. 그러니까 집의 모습이 아니라, 나와 우리에 대해서만.

계속 열심히 일하고 싶었다. 회사를 다닐 때보다 재미있게 일을 즐기며 하고 싶었다. 매끼 맛있는 식사를 만들어 둘이 함께 먹고 싶었다. 대화가 많은 부부가 되고 싶었다. 따로 또 같이 즐겁게 살고 싶었다. 온기를 나누면서도 가시에 찔리지 않는 알맞은 거리를 알아갔으면 했다. 해가 바로 쏟아지는 마당에서 눅눅해지는 마음들을 제때제때 말릴 수 있었으면 했다. 그래서 조금씩 더 자연스럽고 평온한 미소를 지을 수 있는 사람이 되었으면 했다. 단정하고 조용한 나를 지켜가고 싶었다. 그런 나를 닮은 집이면 좋겠다는 생각에 이르렀다.

그 마음들을 잊지 않으려고, 다시는 무엇에도 현혹되지 않고 흔들리지 않으려고, 수첩에 꾹꾹 눌러 적었다. 집을 지어보는 일은, 집을 지어보겠다는 결심은, 그러니까 앞으로 어떤 삶을 살겠다는 다짐 같은 거였다.

세상에서 가장 값비싼 문서의 이력서

권리증, 생전 처음 보는 문서라는 신기함과 우리가 가진 것 중 가장 비싼 문서라는 흥분도 있었다. 그러나 무엇보다 45년 집에 담긴 이야기이자 우리가 살아온 이야기에서 비롯된, 가장 오래되고 가장 길고 가장 묵직한 문서라는 감동이 밀려왔다.

우리가 계약한 '그 집'은 1968년에 사용 승인을 받았다. 내가 태어나기도 전의 일이다. 작은 주택쯤은 건축가가 아닌 집주인이 직접 인부를 불러 벽돌을 쌓고 지붕을 올려 지을 때니, 이 땅의 첫 주인이 집의 모양과 구조를 결정했을 터다. 건축물대장에 표기되어 있는 집의 면적이 땅의 면적과는 꽤 차이가 나므로, 땅 면적과 거의 다를 바 없는 꽉 들어찬 지금(내가 집을 처음 만났을 당시)과는 분명 다른 모습이었을 테고.

1968년과 1985년 사이 이 집의 이야기는 알 수 없다. 처음 집을 지은 사람이 17년간 머물렀는지 그 사이 주인이 바뀌었는지 말이다. 등기부등본 첫 칸은 1985년에서 시작된다. 당시 마흔여덟이던 이*옥 씨가 이 집의 새 주인이 되었다. 경제부흥기였던 80년대, 논밭이던 땅을 죄다 개간해 집을 짓고 아파트를 올리던 시절이라 그때는 지금과 달리 열심히 일하면 집을 살 수 있었다.

내 부모님도 아이 둘에 외벌이였고, 대학 졸업과 동시에 결혼과 취직을 하셨으니 월급도 많지 않았을 텐데, 게다가 당시 누구나 그랬듯 사글세부터 시작하셨음에도 엄마가 들려주는 고생담은 사실 몇 해 되지 않는다. 80년대는 직장인이 월급을 한 푼도 쓰지 않고 십여 년간 다 모아야 집을 살 수 있다는 오늘날의 끔찍한 통계와는 분명 다른 세상이었다.

그에 비하면 당시에도 작은 집이었을 이 집을 마흔

여덟에 장만했다니 좀 의외였다. 또 재미있는 건 소유주 이름이 둘인데, 다른 하나는 성이 다른 어린아이다. 당시 나이 열네 살 남자로 추정되는 아이. 엄마와 아들일까? 남편을 일찍 여의고 홀로 아들을 키워가며 마흔여덟에 이곳에 정착한 한 여인의 이야기가 그려졌다. 이들은 이곳에서 14년을 살았다. 마흔여덟의 여인은 여기서 환갑을 보냈고, 아들은 대학에 가고 군대에 다녀와 사회로 막 나갈 즈음이다. 아들이 지방에 취직을 하여 어머니를 모시고 갔거나, 일찍 사회에 뛰어든 아들이 돈을 벌어 큰 집으로 이사를 한 거겠지.

그다음으로 이 집에 들어온 사람은 당시 서른셋의 이*우 씨. 그는 4년만 살다 근처 아파트로 옮겼다. 뒤이어 이 집의 소유주가 된 양*순 씨는 딱 1년만 소유권을 행사했는데, 그 사이 이 집은 근저당설정이 되었고, 소유주가 바뀌면서 해지되었다.

그다음 이 집을 산 사람이 바로 우리에게 "싸게 해 줄게" 하며 매달리신 분이다. 이분은 10년간 이 집의 소유주로 이름을 올렸지만 그 공간에 산 적은 없다. 바로 근처 네 배쯤은 큰, 하얀 대문과 하얀 담, 벽이 유난히 돋보이는 집에 살고 계신다. 아마 작은 집이 매물로 나왔다는 얘기를 듣고 세를 받기에 좋은 곳이라 여겨 구매하신 듯하다. 두 집을 모두 팔고 요즘 한창 뜨는 새 단지 아파트로 이사를 할 계획이신데, 두 집을 모두 팔아야 하는 상황에서 작은 집이 팔리지 않아 골치깨나 아프던 찰나에 우리가 구세주가 된 것이다. (반드시 작은 집을 먼저 팔아야 하는 건 절세를 위해서였다.)

땅은 21평쯤 된다. 아마 이 동네에서 가장 작은, 그게 아니어도 다섯 손가락 안에 꼽히는 작은 집일 것이다. 안으로 길쭉한 직사각형 모양이라 길에서 보이는 면적은 5미터 정도 된다. 양옆 집들이 크다 보니 우리 집은 그 집들의 일부처럼 보이기도 한다. 분명 대문이 있고 그 옆에 버젓이 주소판이 달려 있음에도, 오토바이 배달원분들은 늘 우리 집을 쓱 지나쳐 옆집 대문 앞에 서서 "도착했다"거나 "도대체 그곳이 어디냐?"며 전화를 걸어온다.

이제 와 정말 미안한 말이지만 '쥐 나올 것 같다'는 첫인상은 이상한 벽 때문이었다. 불편할 만큼 좁은 대문을 열고 들어서니 바깥 공간 없이 바로 안으로 이어졌는데, 들어서자마자 보인 게 유리문으로 막힌 벽이었다. 그러니까 오른쪽 벽 일부가 시멘트가 아닌, 유리 미닫이 방문으로 되어 있던 것이다. 가운데에 꽃무늬를 넣은 유리문 너머로 옆집 담장이 보였다. '창을 여니 벽이네요'도 아니고, '거실 유리문으로 늘 회색 벽이 보여요'인 상황은 어이가 없다 못해 코미디 같았다.

집은 땅에 꽉 들어찼고, 방은 세 개나 됐다. 방들 사이로 거실 겸 주방이 있었는데, 싱크대는 당시 우리가 머물던 원룸 싱크대와 같은 크기였고, 거실도 방 사이의 거리를 확보해주는 정도에 지나지 않았다. 제 역할을 하는 창은 길가 쪽으로 난 큰 방에만 하나 있었다. 그래서 그 방문을 닫으면, 대낮이었지만 집은 저녁 같았고, 갇힌 공기에선 쾌쾌한 냄새가 났다.

처음에 이 집은 ㄷ자 모양으로 지어졌다. 12평 정도 되는 크기였다. 그때는 길에서 대문으로 들어서면 마당이 있었을 테고, 방도 한 개 내지는 두 개 정도였을 것이다. 당시 이 지역의 용도가 어떠했는지는 모르겠지만, 토지대장에 1종 전용주거지역으로 지정된 게 1997년이라 적혀 있는 걸로 봐서는, 1968년에는 욕심껏(?) 집을 지어도 되었을 텐데. 이 땅에 처음 벽돌을 올린 분은 살기에 적당한 크기에서 더는 욕심을 내지 않으신 모양이다.

살면서 방이 더 필요했거나, 아니면 그다음에 이 집에 들어온 사람이 가족이 많았거나 해서 집은 마당 대신 방을 갖게 된 것 같다. 시멘트로 채 메우지 않고 방문을 붙여놓은 건 공사비가 모자랐기 때문이었을까.

45년간 집은 이곳에 사는 가족들에 따라, 혹은 그 가족의 시간과 함께 변해왔다. 마당은 방이 되었고, 그에 따라 거실도 주방도 위치와 모습을 달리했을 것이다. 그 가족들에게 이 집은 함께 살아가는 또 다른 가족이었을 테고, 자신의 시간을 오롯이 담은 증거였을 것이다. 누군가에게는 노후의 쏠쏠한 용돈벌이였지만, 또 지난날의 우리처럼 돈 없는 이들에게는 작고 그래서 분명 저렴했을 전셋집으로서의 역할을 다하며 열심히 살아갈 힘을 주었을 것이다.

그 옛날 그때처럼 짐을 모두 이삿짐센터 창고에 넣어놓고, 작은 방에 들어앉아 하나하나 덧붙여진 등기권리증을 읽으니 감회가 새로웠다. 짐을 모두 맡기고 임시로 방 하나가 전부인 공간에 앉아 있지만, 그때와 너무도 달라진 처지가 내내 감동이었다. 권리증은 그래서 더욱 묵직한 느낌이 들었다. 생전 처음 보는 문서라는 신기함과 우리가 가진 것 중 가장 비싼 문서라는 흥분도 있었다. 그러나 무엇보다 45년 집에 담긴 이야기이자 우리가 살아온 이야기에서 비롯된, 가장 오래되고 가장 길고 가장 묵직한 문서라는 감동이 밀려왔다.

맨 앞장에 우리 이름의 권리증을 덧붙였고 그 집의 열쇠도 쥐었지만, 아직 어떤 집을 지을지 답을 내리지 못한 상황이었다. 하지만 묵직한 한 권의 역사책을 읽고 있자니, 이 집은 우리 집이지만 우리만의 집은 아닌 것 같단 생각마저 들었다. 집이 품어온 이야기들을 우리 마음대로 없애버려선 안 될 것 같았다. 그러니까 땅의 주인은 우리가 아닌, 그 땅 위에서 벌써 45년을 지내온 '집'

인 듯했다. 여러 가족을 받아들이고 보내며 지내온 그 작은 집인 듯했다.

우리가 이곳에서 몇 년을 살게 될지는 모르지만, 우리 역시 집이 받아준 한 가족에 불과하다는 생각이 들었다. 마음에 안 드니 '싹 밀고 새로 짓자'던 내 말이 조폭 영화에 나오는 건달 대사처럼 느껴졌다. 안하무인 졸부집 외동딸 대사처럼 느껴졌다. 자꾸만 내가 뱉은 말에, 그 말에 설렜던 지난 한 달에 고개가 가로 저어졌다.

도대체 우리는 이 집에 어떻게 우리 이야기를 보태야 하는 걸까. 생각이 많아지니 마음이 복잡했다.

본래의 모습을 되찾는 일

집은 처음 사용허가를 받았던 본래의 모습으로 돌아왔다. 다만, 45년의 시간을 버텨낸 얇은 벽과 기둥에 튼튼한 벽돌을 덧대었으니 그만큼의 시간을 또 버틸 힘이 생겼을 것이다.

이 동네에서 이뤄지는 건축은 크게 세 가지다. 첫째는 신축, 말 그대로 새로 짓는 것이다. 우리가 이사 올 때만 해도 그저 조용하고 예스럽던(?) 동네였는데, 몇 년 사이 갑자기 핫해지면서 신축 붐이 일었다. 산책을 하다 보면 몇 골목에 하나씩은 공사 중인 집이 있을 정도다.

골목에 푸근함을 더하던 담이 어느 날 갑자기 허물어지고, 며칠 뒤 그 자리에 가림막이 쳐진다. 그런 뒤 6개월, 길게는 1년에 걸쳐 바닥을 다지고, 기둥을 세우고, 벽을 만들고 그렇게 새 집이 들어섰다. 그런데 요즘 지어지는 새 집들은 하나같이 마당도 담도 없다. 예쁜 디자인을 자랑하는 이층집이다. 새 집 덕분에 잠시 그 골목이 환해지는 현상은 있으나, 허름하지만 푸근했던 담장 너머로 고개를 내밀던 초록이 사라져 오히려 휑한 느낌이 들었다. 주차장을 안으로 들여야 하는 건축법 때문에 신축 집들은 집이라기보다는 건물 같다.

두 번째는 증축. 용적률이 허용하는 만큼 집을 늘리는 것을 말한다. 집의 크기와 높이를 결정하는 것이 바로 건폐율과 용적률이다. 건폐율은 땅 면적 대비 건물이 들어설 수 있는 면적을 말한다. 예를 들어, 땅이 100평인데 건폐율이 50퍼센트라면 건물이 들어설 수 있는 면적은 최대 50평이다. 용적률은 땅 면적 대비 건물 총면적의 비율이다. 건폐율 50퍼센트에 용적률 100퍼센트라면 2층으로, 건폐율 50퍼센트에 용적률 200퍼센트라면 4층으로 지을 수 있는 셈이다.

우리 동네는 대체로 1종 주거, 그것도 전용지역에 속한다. (구획에 따라 일반지역도 있고, 큰길가는 2종도 있긴 하다.) 그래서 건폐율 50퍼센트에 용적률 100퍼센트 기준을 따라야 한다. 하지만 해당 용도지역으로 지정된 것이 1990년대 즈음인 듯하고, 오늘날의 건축법이 완성된 건 그 뒤의 일이라 그런지 대체로 집들은 거리 쪽으로 딱 붙게, 마당보다 훨씬 크게, 게다가 이층으로 지어져 있다. 이미 용적률 초과 상태라 증축 공사는 불가능한 셈이다. 그래서 증축은 거의 없고 오히려 1층과 2층을 분리하는 공사가 꽤 많이 이루어진다. 어르신들이 자녀가 떠난 넓은 집을, 층을 분리하여 세를 놓으시는 것이다.

마지막으로 대수선이 있다. 대수선은 지붕을 새로 얹거나 벽을 보수하는 등의 말 그대로 큰 수선이다. 오래된 주택에 필요한 작업인데, 여기엔 하나의 조건이 붙는다. 집의 구조를 건드리지 않는 선에서 이뤄져야 한다는 것. 면적을 넓히거나 높이를 올려서는 안 된다는 얘기다.

우린 결국 대수선을 하기로 결정했다. '새로 짓는' 일보다 '고쳐 사는' 일이 더 좋은 방향 아닐까 하는 머뭇거림에 마침표를 찍어준 건 마당이었다. '1종 전용주거지역, 건폐율 50퍼센트, 용적률 100퍼센트'라는 사실만 안 채, 그렸던 그림엔 분명 마당이 있었다. 요상하고 결국 우리를 민망하게 했던 그 집들도 꼭 마당은 품었을 만큼, 우리는 마당을 원했다. 단독주택의 꽃은, 어쨌든 마당이니까.

그런데 신축 조건이란 게 알면 알수록 까다롭고 복잡했다. 도로에서 몇 미터, 옆집과는 몇 미터 띄어야 한다고 거리가 정해져 있는 데다, 반드시 땅에 주차장을 만들어야 했다. 2×6미터짜리 주차장을! (이런 것도 제대로 알아보지 않고 우리가 알아서 하겠다며 버린 한 달이 정말 한심했다.)

이 조건들을 지키면 땅이 워낙 작다 보니 마당은커녕 건폐율 50퍼센트도 되지 않았다. 필로티 구조로 주차장을 만들고 다시 제대로 1층을 만들면 마당을 넣을 수 있지만, 이렇게 하면 공사비가 어마어마해진다. 억이 넘는 건 기본, 몇억이 들었다는 집도 있었다. 땅값이랑 건축비가 별로 차이가 나지 않다니, 입이 떡 벌어졌다.

대수선으로 결정하는 데는 면적도 한몫했다. 집의 구조나 면적을 그대로 해야 한다는 대수선 조건에서 기준이 되는 '집의 구조나 면적'은 토지대장에 등록된 사항이다. 즉, 우리 집의 경우 1968년 사용허가를 받았을 때의 구조와 면적을 유지하는 선에서 공사를 하면 된다. 등기부등본상에 적힌 수치를 따지면 건폐율이 60퍼센트 정도였다. 그러니 대수선을 하고 다락을 만들면 신축

보다 공간을 넓게 쓸 수 있는 셈이다. 높이를 올릴 수 없어 꽤나 불편한 다락이 되겠지만, 마당도 갖고 집을 조금이나마 더 넓게 쓸 수 있으니 그 정도는 감수해야 했다.

대수선을 하기로 마음먹은 뒤, 일은 일사천리로 진행되었다. 더 이상 고민할 게 없었다. 무에서 유를 창조하던 고통, 또는 희열의 시간은 막을 내렸다. 이젠 그저 정해진 공간을 감사히 받아들이면 됐다.

단, 그 전에 중요한 임무가 있었다. 토지대장에 적힌 '40.2제곱미터, 단층'이라는 단서를 갖고 '집의 원래 모양'을 알아내야 했다. 지붕 모양으로 집이 ㄷ자였음을 가늠했지만, 정확하게 하기 위해 시청에 가서 70년대에 촬영된 항공사진을 요청했다(항공사진은 대수선 신고 시 구청에 내야 할 구비서류 중 하나이기도 하다).

70년대(정확히 몇 년도였는지는 기억나지 않지만)에도 항공사진을 찍었다는 게 신기했고, 흑백사진으로 보는 동네 모습이 생각보다 너무 휑해서 놀랐다. 우리 집은, 일찍 터를 잡은 축에 속했다. 양쪽 모두 아직 다른 집은 들어서지 않았으니, ㄷ자로 지은 집 마당에 한동안 볕이 꽤나 많이 들었겠구나 싶었다.

몇 번의 시도 끝에 40.2제곱미터짜리 ㄷ자 모양을 찾아내 도면을 그리고, 관련 서류와 함께 구청에 접수해 공사 허가를 받았다. 사실 이 과정은 매우 복잡했고(한 달 정도가 걸렸다), 실제 공사보다 더 스트레스를 받은 과정이기도 했다. 일부러 그런 건 아니겠지만, 우리가 며칠에 걸쳐 준비하고 보충한 서류들을 무심한 표정으로 쓱 훑고는 "이걸로는 안 되는데"라며 수차례 헛걸음을 하게 한, 까다롭고 불친절했던 담당 공무원의 얼굴은 지금도 잊히지 않을 정도다.

구청에서 허가가 떨어지자마자 다음 날 바로 철거를 시작했다. 낡고 깨진 석면 기와를 걷어내고, 불법으로 나중에 지어진 부분을 헐어냈다. 벽 한 면이 완전히 사라졌고, 길가 쪽과 뒤쪽 벽도 5분의 4가량이 잘려 나갔다. 내력벽을 빼고 집 안에 있는 벽들도 부수었다. 그렇게 'ㅁ'은 다시 'ㄷ'이 되었다.

집을 짓겠다고 들떠 날마다 그림을 그릴 때는 늘 직사각형(땅)부터 그렸다. 그러고는 그 공간을 여러 사각형으로 채워 넣었다. 30제곱센티미터 공간도 아깝다는 듯 꼭꼭 채워 넣었고, 테트리스 게임을 하듯 클리어된 공간을 보며 뿌듯해했다. 대체로 건축은 빈 땅 위에 건물을 짓는 일이니 이와 크게 다르지 않을 것이다. 하지만 우리가 우리 집을 만들어가는 과정은 아이러니하게도, 덧셈이 아닌 뺄셈이었다. 거의 3분의 1을 없앤 것 같다.

ㄷ자 집의 내부는 예상한 것보다 훨씬 더 좁았다.

대체로 모든 너비는 두세 걸음이면 끝났다. 그래도 좋았다. 매일 오후 여섯 시, 그날의 공사가 끝나고 인부들이 모두 돌아가면 전기가 들어오지 않아 깜깜한 집에(겨울이라 해가 빨리 졌다), 아직 벽도 없는 집에(집이라기보다 공사장), 또는 벽이 이제 막 세워진 집에, 바닥에 시멘트가 깔린 집에 들어가 그렇게 가만히 몇 분쯤 있곤 했다. 일자로 편 흔들리는 사다리를 무서워하면서도 기어코 올라가 창 없이 뻥 뚫린 벽 너머로 동네를 내다보며 배시시 웃곤 했다.

철거부터 시작해 새 지붕이 얹히고, 벽이 생기고, 층을 나누어 복층(다락)을 만들고, 창문이 달리기까지는 한 달 반이 걸렸다. 대수선이라고는 하나 벽을 전부 보강하고 벽돌을 덧대어 쌓았으니 신축과 다름없는 과정이긴 했다. 우여곡절도 많았다. 그 와중에 누군가의 신고를 받고 나온 구청 직원이 지붕 높이를 내리라고 해(겨우 10센티미터 차이였건만!) 몇백만 원이 깨졌으며, 하필 덤프트럭 총파업과 맞물려 시멘트 차량을 구하지 못해 수작업으로 바닥과 마당을 메워야 했다.

대체로 인부 아저씨들은 도면을 보지 않아 작업 과정에서 늘 몇 센티미터쯤 오차가 생겼으며, 그때그때 "이건 어떻게 할까요?"라고 물으셨기에 즉흥적으로 결정하고 대응해야 하는 일투성이였다. 이런 식으로 집을 지어도 되는 걸까 싶다가도 이렇게도 집이 지어진다는 게 신

기했고, 이렇게라도 해내고 있는 우리가 기특했다. 수작업으로 발라놓은 시멘트 바닥이 금이 가거나 깨지는 건 아닐까 조바심 내야 했던 혹한의 날들이 지나고, 크리스마스 연휴가 끝난 뒤, 드디어 구청에서 검사 확인 통보를 받았다.

집은 처음 사용허가를 받았던 본래의 모습으로 돌아왔다. 1960년대 유행하던 빨간 벽돌 대신 2010년대에 어울리는 세련미 넘치는 검은 벽돌로 갈아입고서. 45년의 시간을 버텨낸 얇은 벽과 기둥에 튼튼한 벽돌을 덧대었으니 그만큼의 시간을 또 버틸 힘이 생겼을 것이다. 비록 흙이나 잔디가 아닌 시멘트로 덮긴 했으나, 마당이었던 땅은 지고 있던 벽 없이 다시 빈 땅이 되었으니 좀 가뿐해졌을 테고. 그렇게 집은 우리와 2라운드를 시작하게 되었고, 우리는 이 집에서 든든하고 가뿐한 마음으로 우리의 2라운드를 준비해갈 터였다. 처음으로 내 집에서 겨울을 보내고 맞이할 봄이, 몹시 기다려졌다.

겨울이라 볕이 들지 않는 회색빛 마당에 서서 하늘을 올려다보았다. 맨 처음 집이 품었던 마당만 한 하늘이 지붕 옆으로 펼쳐져 있었다. 마당만 한 그 하늘도 우리 집에 속한 것 같았다. 내내 우리가 살아갈 모습을, 새로운 시작을, 찾아올지도 모를 절망을, 그걸 다시 이겨낼 우리를 지켜봐줄 든든한 하늘도 갖게 된 듯한 기분이었다. 하늘이 마당에 내려앉아 회색빛을 맑게 물들이는 듯했다.

빨간 대문 집 여자

내게 '빨간 대문'은 두리번거리거나 머뭇대지 않고 나다운 삶으로 들어서는 시작이었다. 나와 전혀 어울리지 않을 것 같던 '빨강'을 품고 이제는 명쾌하게 나와 내 삶을 규정해보고 싶었다.

우리 집은 '빨간 대문 집'이다. 그 이름을 누가 처음 붙였는지는 잘 모르겠다. 우리가 누군가에게 집 위치를 설명할 때 '검은 벽돌에 빨간 대문'이라 말하기도 했고, 누군가 우리에게 "아, 빨간 대문 집 사시는 분?"이라고 알은척을 하기도 했으니까. 배달 치킨에 딸려오는 영수증에조차 '빨간 대문 집'이라 적혀 있다. 맨 처음 주문했을 때 "빨간 대문 있는 집"이라고 설명한 것을 어떤 배달원이든 알기 쉽도록 등록해놓은 모양이다.

이 동네에서 빨간 대문을 가진 집은 우리 집뿐이다. 반려견과 하루에 세 번 산책을 하며 동네 구석구석을 다니는데, 여태 빨간 대문은 본 적이 없다. 그렇게 '빨간 대문'은 이 동네에서 우리 집을 규정하는 말이 되었고, 나는 '빨간 대문 집 여자'라는 새로운 별칭 하나를 얻었다.

동창들 사이에서 주로 '얼굴 하얗고 말 없던 애'로 기억되던 나로서는, 옷을 살 때 회색이나 남색, 카키색을 고르는 나로서는, 선명하고 도드라진 '빨강'이 나를 설명하는 하나의 단어가 된 것이 처음엔 너무 어색했다. 나와 조금도 어울리지 않아 보였다. 그래도 '몇 호'라는 숫자 대신 '빨간 대문 집 여자'로 불리는 건 낭만적이다. 서툴지만 나름 최선을 다해 결정하고 완성한 우리 집에 대한 칭찬 같아 으쓱하기도 했다.

외부 공사를 마치고, 보름간 정신없이 내부 공사를 진행했다. 싱크대, 화장실과 욕실 타일, 세면대, 계단 모

양과 위치, 대문의 색깔까지 정해야 할 게 한두 가지가 아니었다. 모든 게 처음이었으니 노련함 따위 있을 리 없는데, 시간에 쫓긴 터라 신중함 대신 즉흥적 결정이 앞선 경우가 많았다.

빨간 대문도 그 결과다. 페인트를 사러 가면서 언뜻 떠올린 색은 회색빛이 도는 카키색이었는데 그런 색은 조색을 해야 해서 시간도 걸렸고 가격도 조금 더 비쌌다. 그래서 그냥 바로 구입할 수 있는 기본색 중에 선택한 것이 '빨강'이었다(하마터면 '노란 대문 집'이 될 뻔도 했다). 대문에 색을 입히는 과정이 거의 막바지였으니, 그 선택은 검은 벽돌 새 옷을 입고 2라운드를 시작한 집에 산뜻한 기운을 불어넣는 화룡정점인 셈이었다.

모든 결정이 빨간 대문처럼 뿌듯한 결과로 이어졌다면 좋았겠지만, 안타깝게도 오히려 그 반대다. 당시엔 더없이 멋진 생각이었으나 머릿속으로 아무리 여러 번 시뮬레이션을 한들 가상과 현실엔 어마어마한 차이가 있었다. 생활 곳곳에서 배어나오는 불편함으로 우리는 다시 선택의 기로에 놓이게 된다. 그 발단은 단차 공간이었다.

ㄷ자로 완성된 작은 공간 안에 침실, 거실, 화장실,

부엌 등을 배치하는 것도 어려웠지만, 무엇보다 수납이 가장 골칫거리였다. 작은 집에 살게 되었다며 짐을 한 차례 정리했지만, 버릴 수 없는 짐과 필요한 짐과 필요할 것만 같은 짐들이 있었고, 함께 이사를 올 터이니 그것들을 위한 공간도 마련해야 했다. '저 짐들을 다 가지고 있어야 할까?'라고 되묻지 못하고 '저 짐들을 어떻게 가지고 있어야 하지?'라는 물음에 답을 얻으려고만 끙끙대던 머리는 결국 '단차'를 생각해냈다.

대개는 공간에 변화를 주기 위해 단차를 낸다. 계단 한두 칸 정도의 단차를 통해 공간을 구분하고 그 안에 리듬을 주는 식이다. 그 단차를 침실로 사용하기로 한 곳에 적용해 침실 바닥을 무릎 높이로 하면, 그 밑에 웬만한 짐들은 넣어둘 수 있을 듯했다. 다락을 아래에 만드는 셈이다. 침실로 쓰기로 한 곳은 그야말로 잠만 잘 곳이고, 매트리스만 달랑 놓을 예정이어서 천장이 낮아도 상관없었다. 게다가 짐이 침실 바닥을 다 채울 만큼 많은 건 아니니 바깥쪽(거실 쪽)으로 열리는 커다란 서랍을 만들어 그곳에 옷을 넣어도 좋을 듯했다. 짐방과 옷장을 한꺼번에 해결하는, 그야말로 '유레카'였다.

단차를 만드는 일로 내부 공사는 좀 더 길고 힘들어졌다. 목수 아저씨들은 우리의 생각을 이해하지 못하셨다. 바닥을 만들 때 가장 중요한 건 견고함인데, 뼈대를 하나로 잇지도 않을뿐더러 도중에 여닫을 수 있는 뚜껑을 만

든다는 것 자체가 그분들 상식에는 맞지 않았던 것이다.

내부 공사 때는 도면 같은 것도 없이 현장에서 바로 설명하면서 일을 진행했는데, 대체로 각 공정의 전문가들은 우리 의견에 (조건반사처럼) 말이 안 된다, 불가능하다, 라고 대응하셨다. 그래도 해 달라 부탁을 하면 마지못해 해주는 식이었다(어차피 우리가 살 집이니까).

막상 하면 불가능한 건 하나도 없었는데, 일을 쉽게 끝내기 위해 공사의 주도권을 잡고 싶으셨던 것 같다. 그분들이 보기에 우리는 어리고 숙맥 그 자체였던 듯하다. (남편은 꽤 동안이다. 결혼식에 온 엄마 친구들이 내가 연하와 결혼하는 줄 아셨다고 한다. 지금도 나이보다 열 살은 더 어리게 볼 정도인데, 위계적인 한국 사회에서 동안이 꼭 좋은 것만은 아닌 듯하다.)

그냥 나무를 죽죽 깔면 되는 간단한 바닥 만들기가 뚜껑 때문에 복잡해지자, 목수 분들은 툴툴대는 것을 넘어 짜증까지 내는 험한 분위기를 연출하셨고, 우린 본의 아니게 눈치를 보느라 뚜껑의 위치나 크기, 여닫는 방식에 대해서는 의견을 내세우지 못했다.

목수 반장님은 바닥에 쓸 나무로 꽤 무겁고 튼튼한 걸 선택하셨다. 뚜껑 역시 같은 나무로 전체를 들어서 올리는 형식으로 만드셨고, 하필 큼직하게 그것도 한가운데에 떡하니 해놓으셨다. 덕분에 짐 한 번 꺼내려면 매트리스를 옮기고, 역기라도 들듯 팔에 잔뜩 힘을 주어 뚜껑을 들어야 했다. (투박하기 그지없는 서랍 또한 한 번 열려면 팔이 빠질 듯했다.)

우리 예상과는 많이 달랐지만, 그래도 덩그러니 놓인 매트리스와 작은 창으로 들어오는 바람과 햇살을 보고 있노라니, 우리가 고용인인지 피고용인인지 모를 만큼 서러운 눈치와 스트레스를 받아가며 단차를 만든 건 잘한 일이란 생각이 들었다. 단차를 내지 않고, 그 공간에 매트리스와 옷 서랍, 짐들을 전부 들여놓았다면 몹시 답답했을 터였다. 자다가 숨이 막혔을지도 모를 일이다.

바람이 들어앉을 자리가 넉넉한 그 공간에서는 내내 은은한 나무 냄새가 났고, 잠들기 전 읽다가 엎어 놓은 책에도 나무 냄새가 뱄다. 매트리스 아래로 손을 뻗어 나무(나무는 코팅을 입히지 않았다) 자체의 질감을 느끼고 있으면 집이 아닌, 조용한 마을 한 숙소에서 잠을 자는 여행자가 된 듯한 기분마저 들었다. 매일의 꿈이 달콤하고 낭만적일 것만 같았다.

하지만, 이야기가 다소 흥미진진하게 전개되려면 그래야 하듯, 우리와 집에 대한 이야기도 금세 위기를 맞았다. 뿌듯함은 그리 길지 않았다. 향긋한 나무 냄새가 다 빠지기 시작할 즈음, 낭만적인 상상은 모두 물러나고 즉

흥적인 결정들에 후회가 일기 시작했다. 단이 너무 높아 침실을 오르내리기 불편했고(이러다 무릎이 상하는 거 아닌가 싶었다), 어쩌다 짐 한번 꺼내기도 몹시 힘들었다(짐은 말 그대로 짐이 되었다).

특히 몇 달 뒤 가족이 된 강아지 '봄'에게 단차를 낸 침실은 꽤나 위험한 공간이었다. 봄은 생후 8~10개월쯤 되었을 때 만났는데, 그때부터 슬개골 탈구 문제를 겪고 있었다. 높은 곳을 오르내리는 일이 가장 위험한데, 호기심쟁이 봄은 금지해놓은 그 공간을 어떻게든 탐험해보고 싶어 했고, 환기라도 시키려고 문을 열어놓은 틈에 몰래 들어가 메트리스 위에 누워 있곤 했다.

불편한 건 그 공간만이 아니었다. 그곳이 침실이 되면서, 순차적으로 정해진 다른 공간들도 그러했다. 폭이 2미터도 안 되는 거실은 거실인지 통로인지 분간하기 어려웠다. 조금도 편하지 않았고, 좁은 거실을 보완하기 위해 마당 쪽으로 폴딩 도어를 설치했는데(겨울 이외의 계절엔 폴딩 도어를 활짝 열면 거실이 마당으로 이어져 넓은 느낌이 들 거라 생각했다), 폴딩 도어 특성상 단열이 잘 되지 않아 겨울엔 앉아 있을 엄두조차 나지 않을 만큼 추웠다.

우리는 거실에서 보내는 시간이 제법 많다. 일을 마친 이후의 모든 시간은 거실에 있었다. 거실은 충분히 휴식을 취하고, TV를 보며 웃고, 맛있는 것을 먹고, 그러다 꽤 많은 이야기를 나누는 곳이었다. 특히 우린 누워서 뒹

구는 걸 좋아하는데(소파를 둔 적이 별로 없다), 통로 같은, 눕기도 앉기도 애매한 그 공간이 편할 리 없었다.

'빨간 대문 집 여자'라는 말은 더 이상 자부심이 되지 못했다. 겉으로는 그럴싸해 보여 지나는 사람들이 여전히 '예쁘다'고 말하고, 누군가는 우리 집 앞에서 사진을 찍기도 했지만, 정작 나는 칭찬 앞에 민망한 웃음을 지어야 했다.

'초록 지붕 집 앤 셜리'로 불리길 간절히 바랐고, 그럴 때마다 너무도 좋아했던 앤은 처음 집을 가졌다. 앤에게 '초록 지붕'은 자신을 품어준, 세상에서 가장 아늑한 하늘이었을 것이다. 그 지붕 아래에서 앤은 주근깨와 빨간 머리 그리고 빼빼 마른 몸매에 대한 콤플렉스를 이겨냈고, 유쾌한 상상력을 펼쳤으며, 상상만큼 근사한 어른이 되어 갔다.

나도 처음 집을 가졌다. 더는 내 의사와 상관없이 이사를 하지 않아도 되고 쫓겨날 일도 없으며 못도 마음껏 박을 수 있는 내 집 말이다. 내게 '빨간 대문'은 두리번거리거나 머뭇대지 않고 나다운 삶으로 들어서는 시작이었다.

그 안에서 나는 즐겁게 일하고, 온전하게 일상을 누리며, 단단한 마음과 온화한 얼굴을 가진 어른이 되어 갔다는 결말에 이르고 싶었다. 나와 전혀 어울리지 않을 것 같던 '빨강'을 품고 이제는 명쾌하게 나와 내 삶을 규정해보고 싶었다. '빨간 대문 집 여자'로서의 삶은 선명하고 환하고 따뜻한 것이야 했고, '빨간 대문' 안의 시간은 명쾌하고 산뜻해야 했다.

이 집은 그런 시간을 품기에 충분하다고 생각했다. 작지만 그래서 아늑하고, 나답게 살기 충분한 집이라 여겼다. 운명 같은 집을 만나 그 집의 처음 모습을 찾고 나만의 하늘을 갖게 된 것까지는 참 아름다웠다. 그러나 알고 보니 불편하고 참아야 하는 것들이 순간순간 나를 성가시게 하는, 그저 '작은 집'이었다는 식으로 이야기를 끝내서는 안 될 것 같았다. 그러고 싶지 않았다.

모든 일이 그랬듯 '집' 혹은 내 삶을 담기에 알맞은 '공간'에 대해 알아가기까지 시간이 필요했는지 모른다. 나는 내가 좋아하는 일을, 내가 잘할 수 있는 밥벌이를 알아가기까지 꽤 많은 시간이 걸린 편이다. 그 과정에서 다른 일에 호기심을 품기도 하고 다른 일을 시도해보느라 시간도 돈도 들였다. 5년간 친구였다 네 계절을 연인으로 함께하며, 어떤 단정과 확신을 갖고 남편으로 받아들인 사람도 여전히 알아가는 중이다. 하물며 내 자신도 새삼 알아가고 있는 것을.

그러니 내가 살아갈 공간을 단번에 알 수 없는 건 당연하다. 스스로 만들어가는 그 공간이 번뜩이는 아이디어로 '짠' 하고 마무리되지 않는 건 당연하다. 생각 혹은 상상과 실제 사이의 간극이 큰 건, 지극히 당연하다고 인정하기로 했다.

1년을 지내고 다시 봄을 맞으며, 어쩌면 눈치 게임처럼 서로 하고 싶지만 말하지 못했던 말을 내가 먼저 내뱉었다.

"이건 좀 아닌 것 같지?"

다행스러운 건 그걸 인정하기까지 오래 걸리지 않았다는 거고, 더 감사한 건 그 과정에서 내가 알지 못했던 나를 발견하게 되었다는 거다. 그러니까 고쳐 지은 집을 다시 바꿔가는 과정은, 집이 돌아보게 한 나를 발견하고 인정하고 보듬고 떠나보내는 과정이기도 했다.

집도, 나도, 다시 달라지기 시작했다.

지은 집을 내 집으로 만들어가는 일은 그렇게 시작됐다.

Part 2.

집을 통해 나를 알아갑니다

지난날의
결핍은
상관없는 일이
되었으니,
이제 온전히
지금을
살아야 한다.

내 방, 보상심리의 덫

환하고 소리가 있고 온전히 자유롭고 독립적인 방은, 늘 소리 죽여 어둡게 웅크리고 있던 내가, 이방인조차 될 수 없던 내가 꿈꾸던 것이었고, 마흔이 다 되도록 떨쳐내지 못했던 내 불쌍한 결핍이었다.

통로 같은 거실을 갖게 된 건 '자기만의 방' 때문이었다. 길쭉한 ㄷ자 모양의 공간에 침실, 거실, 주방, 화장실, 그리고 (컴퓨터와 책상을 놓을) 작업실을 만들어야 하는데, 내가 '자기만의 방'을 우긴 것이다.

이제 집에서 일하게 됐으니 당연히 필요한 공간이고, 가장 많은 시간을 머무는 곳이니(그때만 해도 회사에 다닐 때처럼 하루 여덟 시간 일하게 될 거라 생각했다) 가장 중요한 공간이라는 논리였다. 그렇다고 나의 주장이 버지니아 울프와 같은 평등에 기인한 건 아니다. 굳이 따지면 '내 방'이 아니라 '각자의 방'이었으니까.

어릴 때를 빼고는, 늘 내 방이 있었다. 두 살 터울 언니가 중학교를 다니기 시작하면서였던 것 같다. 중학생이 되어 이제 공부란 걸 시작한 언니가 초등학생과는 한 방을 쓰기 무리라고 생각했는지 나는 현관 옆에 딸린 작은 방으로 쫓겨나듯 독립을 했다. 복도(복도식 아파트에 살았다) 쪽으로 난 창 바로 아래 책상이 있고, 잘 때는 이불을 펴야 했던 그 작은 방은 언니가 결혼을 할 때까지 내 방이었다.

겉으로 보기에 나는 평범한 가정에서 자랐다. 아빠는 이름을 대면 알만한 회사에 다녔고, 서울 아파트에서 죽 어린 시절을 보냈으니, 중산층 가정에서 부족함 없이 자랐다는 사실만은 맞다. 하지만 부족하지 않은 것과 단란한 것은 전혀 다른 얘기다.

부모님은 자주 다투셨다. 우리가 있건 말건, 아니 오히려 우리를 불러내어 싸우는, 철부지 부모였다. 엄마는 늘 피해자 같은 얼굴로 말없이 앉아 있었고, 아빠는 자신의 억울함을 조금은 큰소리로 토로하는 식이었다.

엄마는 우리가 자신을 불쌍히 여기길 바랐던 것 같고, 아빠는 우리가 자신의 억울함을 풀어주길 바랐던 것 같다. (내가 초등학생일 때부터 시작된 일이다.) 엄마의 연기(?)가 더 우월했는지 아니면 약자로 보이는 이에게 마음이 움직이는 천성 때문인지, 언니는 상황도 모른 채 엄마의 대변인을 자처하고 나섰고 나는 말없이 앉아 아빠를 미워하기 시작했다.

두 분이 다투는 이유는 늘 같았다. 고부 갈등과 돈이 문제였다. 싸운다고 오해가 풀리거나 서로를 이해하게 되는 것도 아니었다. 두 분은 늘 같은 문제를 다시 끄집어내고 또 끄집어내어 싸웠고, 싸우면서 더 이전의 일들까지 굳이 끄집어내어 작정하고 서로에게 상처를 주었다. 어린 나이에도 그들의 싸움 방식은 이해가 되지 않았고, 서로를 미워하면서도 우리 때문에 어쩔 수 없이 산다는 결론 앞에 억울한 죄인이 되어야 했다.

두 분의 싸움이 답도 끝도 없다는 걸 깨달은 이후, 나는 아빠가 늦게 들어오는 날이면 복도 저편에서 들려오는 발소리에 냉큼 불을 끄고 방문을 잠갔다. 두 분이 다투는 소리가 들려올 때도 마찬가지였다.

'딸깍' 하는 잠금 소리는 내 마음을 다잡아주는 최면 같은 것이었다. 그들이 뭘 하건 나는 이미 다른 세상에 있으니 신경 쓰지 않아도 된다며 나를 다독였다. 나는 방관자였고, 내가 숨어든 그 동굴 같은 방에서 벗어날 날이 오기만을 바라는 이방인이 되어 갔다.

현관에 신발을 벗자마자 있는 위치 때문인지, 집에 들어갈 때마다 나는 방에 몰래 숨어드는 사람 같았다. 고등학교 시절 밤늦게 독서실에 있다 집에 갈 때도, 대학생 때도, 회사에 다닐 때도, 나는 점점 집에 가는 걸 좋아하지 않았다. 늦은 밤 조용히 현관문을 열자마자 바로 방으로 들어가 문을 잠그고서야 안도를 했다.

집에서 유일하게 내가 있는 공간이었지만, 내 방에 애정이 있었던 것 같지는 않다. 여중생 여고생 방이라고 보기 어려운, 휑한 방이었다. 잠깐 머물지만 언제 떠나도 이상할 것 없는, 아니면 막 떠나온 곳이라 해도 믿을 법한 공간. 시간이 지나도 그 방은 내가 처음 들어섰을 때와 하나도 달라지지 않았다. 그저 방문에 붙는 사진만이 연예인 브로마이드에서 영화 포스터로 바뀌었을 뿐이다.

다행인지 불행인지, 나는 제법 공부를 잘했다. 지극히 내성적인 탓에 겉으로 돌기보다 안으로 파고든 때문이다. 내가 우울을 달래는 방법은, 문을 잠근 방이든 독서실이든 틀어박혀서 이어폰으로 귀를 막고 수학 문제를 푸는 것이었다. 수학은 어쨌든 길고 복잡하고 어려운 과정을 헤쳐 나가면 반드시 명확한 답이 있기 마련이라, 그 시간이 위안을 주었던 것 같다.

좋은 성적 때문에 선생님들의 사랑을 받았지만, 난 늘 주눅이 들어 있었고, 선생님들과 친해지는 일도 어렵기만 했다. 그래서인지 자기감정에 솔직하고 스스럼없이 응석도 부리는 친구들과 늘 내 자신은 비교가 되었다. 그 친구들이 가진, 아무 걱정 없이 사랑만 받고 자라 세상이 따뜻하고 아름답게만 보이는 사람 특유의 해맑음에 질투가 났다. 존재가 죄인이라는 깊은 우울이 뼛속 깊이 박힌 나로서는, 절대 가질 수 없는 것이었다.

성적 따위 상관없이 늘 자신감이 넘치고 한없이 밝기만 하던 그 친구들의 방은 내 방과 너무 달랐다. 창에는 예쁜 커튼이 달려 있고, 커튼 사이로 햇살이 스며들어와 방을 환히 밝혔으며, 음악이 크게 울렸고, 취향을 잔뜩 드러낸 그림과 소품, 그리고 환하게 웃는 가족사진과 가족들의 사랑을 먹고 자란 귀여운 어릴 때 사진들이 놓여 있었다.

적당히 어질러져 있었지만 아무 간섭도 받지 않았다. 그 방은 철저히 그 친구들의 규칙이 적용되는 세상이었다. 그 방에서 울리는 음악은 집 곳곳으로 퍼져나갔고, 자연스레 늘 열려 있던 문으로는 집 안의 공기가, 나긋한 목소리가, 달콤한 음식 냄새가 스며들었다.

그러니까 환하고 소리가 있고 온전히 자유롭고 독

립적인 방은, 늘 소리 죽여 어둡게 웅크리고 있던 내가, 이방인조차 될 수 없던 내가 꿈꾸던 것이었고, 마흔이 다 되도록 떨쳐내지 못한 내 불쌍한 결핍이었다.

우습게도 내 집을 마련한 마당에, 채워지지 않은 결핍을 이제라도 보상받겠다고 나는 고집을 부렸던 것이다. 문을 달 수 없으니 방이랄 것도 없지만, 내 안에서 더는 성숙해지지 못했던 사춘기 소녀는 그렇게, 드디어, 소원을 이루게 되었다.

대수선을 한 터라 원래의 높이를 준수해야 했기에, 다락 공간은 한가운데를 빼면 걸어 다닐 수 없을 정도로 낮았다(이등변삼각형의 박공지붕이다). 3단 컬러 박스보다 높은 가구나 물건은 놓을 수도 없고, 모니터 때문에 책상 자리도 제약을 받았지만, 한편으로는 내 방이 다락이어서 좋았다. 초록 지붕 집 앤 셜리가 살던 다락방 같기도 했다.

창에 내 취향의 천으로 커튼을 만들어 달고, 창 앞에 책상을 놓았다. 컬러 박스로 책상과 나머지 공간을 적당히 분리하여 다른 쪽엔 재봉틀과 작은 화분, 액자, 그림 등을 놓고 다과상도 하나 펼쳐놓았다. 컬러 박스 위엔 라디오도 올려놓았다. 문도 없는 뻥 뚫린 공간이었지만 충

분히 비밀스럽고 아늑했다. 환하고, 소리가 있고, 온전히 자유롭고, 독립적인 나만의 방이었다!

공사를 마치고 집에 들어온 건, 1월 중순이었다. 정리를 마친 뒤 내 방을 이리저리 꾸미는 사이 겨울이 지나고 봄이 왔다. 해가 짧아 조금은 어두웠던 방은 점점 환하고 따스해졌다. 창문을 열어 바람을 들일 수 있게 되었고, 창가에 내가 좋아하는 향을 피워놓을 수도 있게 되었다. 창으로는 우리 집 지붕과 그 너머로 동네 작은 산줄기가 보였다. 모니터에서 시선을 돌리면 산과 하늘이 들어왔다. 봄은 조금씩 깊어졌고, 빛도 바람도 따스해졌다.

그런데 하늘이 예쁜 파란색을 담아갈수록, 아이러니하게도 내 방에 머무는 시간이 점점 줄어들기 시작했다. 일을 하다 쉴 때는 내 방이 아닌 거실, 그러니까 통로나 다름없는 그 거실이나 마당에 앉아 있었다. 차를 마시거나 책을 읽는 공간도, 천을 늘어놓고 재봉틀을 돌리는 공간도, 내 방이 아니라 내 방보다 좁고 아늑함이라고는 찾아볼 수 없는 거실과 마당이었다. 일이 없는 날엔 아예 방에 있지 않기도 했다. 점점 책상 이외의 공간은, 의미가 없어지고 있었다. 차를 마시고 책을 읽겠다고 펴놓은 다과상에는 먼지만 쌓였다.

이상했다. 그토록 부러워하던 것인데, 그렇게나 갖고 싶은 것이었는데, 막상 갖고 보니 별로 필요치 않았다. 별 의미가 없었다. 뒤늦게나마 보상을 받아야 한다고 생각했는데, 과거를 붙잡고 있던 나와 상관없이 커버린 사춘기 소녀는 다 지난 일이라 말하고 있었다.

동굴에 웅크리고 앉아 시간이 빨리 지나가기만을 바라던 그 시절에서 정말 많이 지나와 있었다. 이유 없이 아빠를 미워하던 아이는 자라서 아빠의 고단함을 이해하게 되었고, 여전한 그들의 싸움에 더는 상처받지 않으며, 오히려 우리를 핑계 삼아 그들의 삶을 이어간 것이란 사실과, 대체로 사람들은 자기를 위한 선택을 하기 마련이라는 사실도 이미 알고 있었다.

그런 깨달음에도 이미 몸에 짙게 밴 움츠러듦과 약간의 무기력은 어쩔 수 없는 것이고, 내가 그토록 부러워하던 친구들의 방을 이제 와 갖는다고 해서 그들처럼 해맑고 스스럼없는 사람이 될 수는 없다는 것도 인정해야 했다. 한없이 무기력하고 회의적이며 미움을 키워가던 아이는, 자신의 삶을 살아가려 애쓰고 상대를 이해하려 노력하는 어른이 되었으니 그것으로 충분했다. 모든 건 지나갔다. 결핍도 과거의 것이다.

겨울이 지나고, 다시 봄이 왔다. 나는 여느 날처럼 더는 큰 의미를 갖지 않는 내 방이 아닌, 혼자 또는 함께 많은 시간을 보내는 거실에 앉아 있었다. 지난 두 번째 겨울도 많이 추웠고, 불편한 거실이 내내 마음에 걸렸다. 내 고집 때문에, 거실이 너무 좁고 추운 곳에 자리하게 되었으니 이 문제를 풀어야 할 사람도 나다.

찬바람이 가시지 않았지만, 겨우내 창에 붙여놓은 뽁뽁이를 떼어내고 폴딩 도어를 활짝 열어젖혔다. 봄이 평상에 서서 목을 쭉 빼고 킁킁대며 바람 냄새를 맡았다. "그동안 답답했지? 이제 바람도 더 많이 통하고, 뛰놀 공간도 더 많게 만들어줄게." 내가 좋아하는 봄의 목덜미에 코를 박고 나지막이 속삭였다.

지난날의 결핍은 상관없는 일이 되었으니, 이제 온전히 지금을 살아야 한다.

도저히
버릴 수 없을 것
같았던
것들과의
이별

문 닫아 버리면 되는 방이건, 작정하지 않는 한 들여다보기 힘든 방 밑이건, 그렇게 공간 하나를 차지하고 있던 짐들은 따지고 보면 결코 미래가 되지 못했고, 점점 더 오늘과 상관없는 과거가 되어 갔다.

집은 다시 큰 변화를 겪었다. 내 방이었던 한쪽 다락은 침실이 되었다. 내 책상은 다른 쪽 다락인 남편 방으로 옮겼다. 그리고 남편 방은 공동의 방이 되었다. 공간적 제약 때문에 책상을 나란히 놓았지만, 딱히 불편할 건 없었다. 주로 작은 회사에 근무했던 터라 파티션을 사이에 두고 팔 뻗으면 닿는 곳에 늘 동료가 있었다. 뒤쪽에도 자칫 벌떡 일어났다가는 의자가 부딪히고 마는 곳에 누군가 있었다.

누구든 내 모니터를 마음대로 볼 수 있었고, 내가 뭘 하는지 알 수 있었다. 대체로 사무실은 감시가 용이한 구조로 배치되기 마련이니까. 그런 공간에 익숙해져 있던 터라 상사나 타인도 아닌 남편과 책상을 나란히 놓고 일하는 게 딱히 불편할 리 없다. (파티션도 없지만 말이다.)

다락 공간의 역할을 다시 부여하는 일은 간단했다. 역할에 맞는 가구만 옮겨놓으면 됐다. 하지만 1층 공간은 얘기가 달랐다. 침실이었던 곳을 거실로 트려고 하는 것이니 단차도, 문도, 침실 문 옆에 만든 붙박이장도 없애야 했다. 그 바닥에 잠들어 있는 '짐'들의 장소도 다시 찾아야 했다. 여전히 수납이 가장 큰 문제였다. 아무리 눈 씻고 찾아봐도 그럴 만한 곳이 없었다. 하긴 애초에 그랬기에 단차를 만든 것이지 않은가.

이전 집에는 서재가 있었다. 그곳에 책상과 컴퓨터 한 대, 남편과 내가 이고 지고 온 온갖 책들, 그 외에 잘 안

쓰는 짐들을 담아놓은 박스들과 청소기 등을 두었다. 말이 서재지, 퇴근 후 또는 휴일에 그곳에서 일을 하거나 책을 본 적은 거의 없으니 서재라기보다 짐방인 셈이었다.

짐에게 방을 줄 정도로 넉넉한 살림도 아니었는데, 무리하게 전세대출을 받아 이사했던 곳은 방이 세 개나 됐고, 침실 외에 쓸 일이 없다 보니 하나는 옷들을, 하나는 짐들을 위한 방이 되어버렸다. 짐들을 위한 공간을 마련하기 위해 집을 넓히고, 그러느라 대출을 받은 것일까 싶은 생각이 간혹 일기도 했지만, 문을 닫아버리면 그 방은 더 이상 내 머릿속에 존재하지 않았기 때문에 그런 고민도 그때뿐이었다.

침실 바닥 아래 잠들어 있던 짐들은 들고 있기조차 무거운 나와 남편의 어릴 적부터 지금까지의 앨범들, 내 일기장과 낙서장, 필름과 인화지(한때 취미가 흑백사진이었다), 누군가와 주고받은 편지와 간직해야 할 것 같은 선물, 그간 써온 가계부(그 와중에 짐을 만들고 있었다), 예전에 입었던 옷들(붙박이 옷장이 작아 평소 입지 않지만 언젠가 입을지도 모를 옷들은 종이상자에 넣어두었다), 남편이 인도 여행에서 들고 온 악기 등 대부분 과거의 물건이었다. 혹은 미래의 물건.

어쨌든 지금은 어딘가에 두고 절대 들여다보지 않는 물건들. 문 닫아 버리면 되는 방이건, 작정하지 않는 한 들여다보기 힘든 방 밑이건, 그렇게 공간 하나를 차지하고 있던 짐들은 따지고 보면 결코 미래가 되지 못했고, 점점 더 오늘과 상관없는 과거가 되어 갔다.

내 짐에서 가장 큰 비중을 차지한 건 일기장과 낙서장, 그리고 인화지다. 십여 년간 모인 것들이 몇 상자나 되었다. 주로 스물과 서른 사이의 것들로, 글들은 하나같이 푸른 안개를 한가득 머금고 있고, 흑백 사진들은 어둠에 잠긴 우울을 증명했다. 대체로 깊은 우울을 자양분 삼아 자라난 감수성과 상상력의 결과물이었고, 나는 그토록 벗어나고 싶던 그 우울 덕분에 태어난 나의 글과 사진들을 사랑하며 내 안에 박힌 우울을 용서해주었던 것 같다.

결혼을 하고, 정확히는 하루아침에 전셋집에서 쫓기듯 나온 이후, 의식'주'를 해결하는 데 온 신경을 쏟는 동안, 글도 사진도 내게서 떨어져 있었다. 내 안에 넘실대는 우울에 잠길 틈이 없었고, 우울을 끄집어내어 새로운 언어로 둔갑시켜줄 여유도 없었다. 그저 가정을 단단하게 하는 데만 집중했다.

어느 정도 시간이 흘러 절망적이었던 그날의 일들조차 아무렇지 않게 추억처럼 얘기할 수 있게 된 뒤, 내 안에 있는 것들을 끄집어내어 볼 짬이 생겼지만, 예전의 푸른 안개를 머금은 듯한 글은 다시 써지지 않았다. 물기가 없어 가벼웠지만, 그래서 담담하고 건조한 느낌마저 들었다. 너무 생경했다. 오랫동안 내가 키워온 언어를 현실의 안정과 맞바꾼, 인어공주가 된 것 같았다.

내 언어를 잃어버렸다는 것에 다소 충격을 받았다. 언젠가 글 쓰는 사람이 되겠다던 꿈을 잃게 된 것만 같았다. 자기만족이긴 했지만, 어쨌든 그런 꿈을 꾸게 해준 건 무겁고 우울한 언어의 결이었으니까. 그 결이 내게 특별했으니까.

그래서 푸른 안개를 닮은 그때의 글과 사진이 내게 희귀한 보물로 여겨졌는지도 모르겠다. 금고 안에 들어 있는 금덩이마냥, 종이상자 안에 그것들이 있다는 것만으로 마음이 든든했다. 언젠가 빛을 발할 거라고, 내 꿈을 이뤄줄 거라고 여겼다. 닳기라도 할 듯 좀처럼 열어보지 않은 채, 그것들은 내 안에서 의미만 커져갔다.

매트리스를 다락으로 옮긴 뒤, 일기장과 낙서장이 담긴 상자를 하나씩 꺼내어 몇 날 며칠 틈틈이 읽기 시작했다. 그것들을 읽은 건 정말 오랜만이다. 모호하게 적힌 내용들 때문에(때론 일기를 소설처럼 3인칭 시점으로 쓰기도 했다) 여기서 말하는 '그'가 누구인지 기억해내기 어려웠고, 이때 이런 일들이 있었나 새삼스럽기도 했다. 분명 잊고 싶지 않아 적은 일들일 텐데, 완전히 까맣게 잊고 말았지만 그렇다고 해서 문제될 건 없었다.

글은 여전히 감탄이 나오는 것도 있었으나(내가 나르시시즘 성향을 갖고 있긴 한 모양이다) 대체로 내게 더 이상 가치를 가지지는 않는다는 생각이 들었다. 사용하지 않고 오래 보관하기만 하면 바래고 빛을 잃는 진주처럼, 서른을 지나오면서 그것들은 가치를 잃어갔다.

스물의, 혹은 서른의 나에게 소중했고 어울리고 쓸모 있었을지는 모르지만, 지금의 나에게는 어울리지 않았다. 마녀가 찾아와 목소리를 되돌려준다 해도 이제는 쓸모가 없었다. 내가 부를 노래는, 내가 앞으로 불러야 할 노래는, 그 목소리와는 어울리지 않는 것들이란 생각이 들었다. 지금은 지금의 언어로 이야기해야 한다.

과거의 물건들은 좀처럼 들여다보지 않는다. (미래의 물건도 그렇긴 하다.) 추억을 더듬는 데 시간을 쓸 만큼 대체로 한가하지 않기 때문이다. 추억보다는 새로운 것을 찾는 일이 더 중요하고 끌리기 때문이다. 나이가 들어 추억하는 일이 무엇보다 소중해질 때 이러한 물건들이 쓸모가 있을지는 모르겠다. 하지만 요즘 어르신들을 보면 추억하는 데 시간을 쓰지 않는 건 우리와 마찬가지인 듯하다. 70~80대에도 새로운 운동을 배우고 새로운 취미를 찾아 시작하시니 말이다.

그것들은 그 자체로 '나'였고, 그래서 도저히 버릴 수 없는 것이라 여겼지만, 물건을 버린다고 해서 그때의 나와 그때의 시간이 사라지는 건 아니다. 과거라는 건 생각나면 생각나는 대로, 잊히는 건 또 그런 대로, 그렇게 머릿속에서 정리되는 일이란 생각도 들었다. 부여잡고 있는 흔적을 보고서야 '아, 이런 일이 있었지' 하고 떠올릴 수 있다면, 이미 그 일은 의미가 사라진 기억이 아닐까 싶었다. 그 흔적은 말할 것도 없고.

쓸모없는 과거의 짐을 끌어안고 사는 건, 미련하다는 결론이 내려졌다. 이 집에 이사 오기 전 '이 짐들을 어떻게 가지고 있어야 하지?' 하고 묻지 않고 '이 짐들을 다 가지고 있어야 할까?' 하고 물었다면, 그때 이 상자들을 열어봤다면, 아니 이사를 다니는 동안 한 번이라도 이런 시간을 마련했다면, 우리의 이사들도 좀 더 쉬웠을 텐데. 단차를 내느라 돈과 시간을 버리는 일 또한 없었을 거고.

이제야 정리가 될 것 같았다. 정리 잘하는 블로거들의 노하우를 전수받아, 일단 정리가 쉬운 것들부터 정리해나갔다. 가벼운 방식으로 대체할 수 있는 것들은 그렇게 했다. 예를 들면, CD 수십 장에 담겼던 사진들은 32기가 USB 하나에 모두 집어넣었고, 가계부는 엑셀 파일로 정리했으며, 앨범은 사진만 끼워 넣을 수 있는 파일 형식의 작은 앨범을 사서 사진을 옮겼다(예전 앨범은 비닐을 벗겨 끈끈이에 사진을 붙이고 다시 비닐을 덮는 방식인데, 각 장이 책표지보다 두꺼워서 앨범 무게가 정말 어마어마하다).

냉정하게 옷도 정리했다. 살은 더 이상 찌지 않으면

감사한 것이고, 웬만해선 빠지지 않을 거란 현실을 인정하기로 했다. 달달한 커피를 끊는 건 불가능에 가까운 일일 테고, 나란 인간이 독하게 다이어트를 할 수 있을 것 같지도 않았다.

더는 회사에 다니지 않으니 외출용 옷도 계절별로 몇 벌만 있으면 됐다. 남편이 처음 사준 옷(아예 들어가지도 않고, 몸무게 앞자리가 바뀐 지도 오래다)도 기억으로만 남기기로 했다. 워크맨도 카세트도 없어 더는 듣지 못하는 카세트테이프들과 중학교 때 친구가 직접 골판지로 만들어준 필통 같은, 정말 과거의 물건들과도 모두 안녕을 고했다.

내 소중한 종이상자 안에 잠자고 있던 글들과도 헤어질 시간이다. 그래도 도무지 버리고 싶지 않은 것은, 그대로 사진을 찍거나 일일이 다시 타이핑을 하여 한글 파일로 옮겼다. 나중에 다시 보고 버려도 좋다는 생각이 들면 그냥 파일 하나를 휴지통에 넣기만 하면 된다.

나머지는 일일이 세심하게 찢어 쓰레기봉투에 넣었다. 그 누구도 읽게 하고 싶지 않았기 때문이다. 흑백사진과 압축 인화지도 그렇게 했다. 수년 혹은 십수 년 동안 미련스레 이고 지고 왔던 것들과의 작별은 며칠 만에 이뤄졌다. 작별을 미뤄왔을 뿐 어려운 일은 아니었던 것이다.

며칠간 물건을 정리하느라 나는 과거의 시간을 살

아야 했다. 하나하나 그 물건들에 담긴 기억을 떠올리고 그때의 나와 만났다. 그때로부터 나는 잘 흘러와 지금의 내가 되었노라고, 어둡고 축축하고 푸른 안개에 휩싸여 있던 겨울은 봄을 지나 여름이 되었노라고, 그 겨울을 잘 버티고 봄으로 여름으로 걸어 나와 주어 고맙다고, 이제는 여름의 언어로 여름의 노래를 배우겠노라고, 그리하여 무성한 초록을 잘 가꾸겠노라고, 그러니 서러워하지 말고 잘 가라고, 인사를 했다.

여태 그 어떤 헤어짐보다 온전하고 아름다운 이별이었다.

책과 서재 뒤에 숨은 허영

이제 나는 내가 별로 창의적이지도, 두드러지게 명석하지도 않은 사람이란 것을 안다. 조금도 특별하지 않고 지극히 평범하다 못해 어떤 면에서는 평균 이하라는 것도 인정한다. 거들떠보지 않게 된 내 이상형들은 책처럼 색이 바래고 낡아 있었다.

초등학교 이후 나의 취미는 독서였다. 아니 정확하게 말하면 취미를 묻는 질문에 대한 답이 독서였다. 그렇다고 책을 많이 읽었느냐 하면 그건 아니다. 초등학생들이 으레 읽는 '명작 동화'나 '그리스 로마 신화'조차 읽지 않았고, 위인전도 읽은 기억이 없다. 초등학교 시절 나의 우상이었던 빨강머리 앤과 조(《작은 아씨들》의 둘째)를 만난 것도, 책이 아닌 TV 애니메이션을 통해서다.

중학교 때 읽은 책이라고는 애거사 크리스티의 소설 정도 생각날 뿐이다. 우연히 혼자 집에 있을 때 그 책을 읽고 무서웠던 기억이 남아 있다. 돌아보면 우리 집에는《손자병법》같은 어른 책만 있었다. 애거사 크리스티는 언니의 책이었다. 엄마나 아빠는 내게 읽을 만한 책을 사준 적이 없는 듯하고(어쩌면 내가 기억 못 하는 것일 수도 있다), 언니는 자기가 읽고 싶은 책을 사 읽었지만, 나는 그런 관심조차 없었던 모양이다.

어린 시절 내 독서량이 턱없이 부족했다는 사실은 어른이 되고서야 알았다. 교내 독후감 쓰기 상을 휩쓸던 기억 때문에 남들은 나를 글 잘 쓰고 책도 많이 읽은 아이였다고 생각했고, 나 역시 그렇게 믿었던 것 같다.

수십 번 설명을 들어도 여전히 이해가 어려운 요즘 입시제도와는 달리 나 때는 수능과 내신만 챙기면 되었기에 고등학교 때도 별로 책을 읽지 않았다. 본격적으로 책을 읽고 사기 시작한 건 대학에 들어가 독서 모임을 시작하면서다. 신입생 OT 때 내가 속했던 조의 조장을 맡았던 선배가 독서 토론 소모임을 이끌고 있다는 이유로, 나는 취향이나 의지와 상관없이 그 모임에 들어갔다.

모임을 위해 처음 산 책은《철학과 굴뚝청소부》로 기억한다. 읽을 책과 모임 때까지 읽어야 하는 분량은 모임 시간과 장소 등과 함께 게시판을 통해 공지되었다. 인원이 몇 안 되는 작은 동아리였지만, 모든 건 협의하기보다 통보되었고, 이름과 달리 토론은 거의 이뤄지지 않았다. 겨우 한두 학번 차이인데, 선배들은 주입식 교육을 받아온 세대답게 그 모임을 주입으로 일관했다.

대체로 자신들이 답을 갖고 있는 질문을 새내기들에게 던졌고, 다른 답을 말하는 이들을 다소 한심하게 여기며 자신들의 답을 강요하는 식이었다. 그렇게 선배들은 어떻게든 다른 생각을 자기들과 같은 생각으로 바꾸어 놓는 일에 성공했다.

모임에 참가한 몇 달 동안 사들인 책은 대부분 사회과학 서적으로 분류되는 것들이다. 난해하기 이를 데 없는 철학 서적도 있었다. 삶과 사회에 대한 고민과 반성은 의미 있었지만, 책을 이해하기도 내 생각을 정립하기도 쉽지 않았다. 모임은 즐겁기는커녕 괴로웠다. 스펀지 같은 머리를 이고 앉아 선배들의 말에 수긍하고 그들이 알려주는 것을 받아들이는 데 익숙해질 무렵, 나는 새로 시작한 아르바이트를 핑계로 모임에서 나올 수 있었다.

그런데 다시는 읽을 것 같지 않던 그 책들을, 나는 버리지 않고 책장에 꽂아두었다. 다음 해 후배가 생겼을 때, 어이없게도 그들에게 그 목록 중 하나를 사주는 선배가 되었다. 삶과 사회에 대한 고민으로 누구보다 뜨거운 청춘이 되길 바란다는 그럴싸한 메시지를 맨 앞장에 써 넣는 것도 잊지 않았다. 방학이면 후배를 이끌고 시민 단체가 운영하는 철학 특강을 찾아 듣기도 했다.

철학이 내 삶에 대한 고민으로 이어진 건 사실이지만 과연 그 시간이 충만했느냐 하면, 그냥 그 자리에 앉아 있는 것 자체를 좋아했던 게 아닐까 하는 부끄러움이 인다. 내가 철학 특강을 찾아 듣는 사람이라는, 화장품 파우치 대신 철학책을 넣고 다니는 여자라는, 제법 여러 철학자들의 이름을 안다는, 삶에 대해 고민하고 있다는, 뭐 그런 말도 안 되는 우쭐거림에 취해 있었던 것 같다.

이후에도《티벳 사자의 서》,《죽음의 한 연구》같은 책들을 사서 책장에 꽂아두었다. 내용을 잘 이해하지 못해 조금도 내 것이 되지 못했음에도 그저 내 책장에 그런 책들이 있다는 것만으로 내가 세상과 삶을 깊이 고민하고 이해하는 사람이 된 듯한 만족감을 느꼈다. 어리석은 만족감과 허영심은 그렇게 내내 나를 따라 다녔다.

2년마다 이사를 다니며 조금씩 거실이 넓은 집에서 살게 될 때마다, 거실을 채우거나 꾸미는 방법은 컬러 박스에 책들을 꽂는 것이었다. 내 허영심이 잔뜩 담긴 책들과 그에 못지않게 남편의 허영심이 담긴 책들을 말이다. 남편은 무대미술을 전공했는데, 가지고 있는 책은 대체로 원서여서 책장에 꽂아놓으면 그대로 인테리어가 되었다. 책들과 넓은 테이블만 놓인 거실은 제법 북카페 분위기가 났다.

하지만 딱 거기까지였다. 한때 TV조차 거실에 놓지 않았지만 우리가 거실에 앉아 책을 보는 일은 없었고, 책들은 삶의 양식이 아닌 인테리어 소품이자 내 허영심을 과시하는 도구로 점점 더 전락했다.

이 집에서도 빈 공간을 어김없이 책으로 장식했다. 양쪽 다락방 사이 천장 아래 공간에 책을 예쁘게 세우고 눕히고 펼쳐놓고는, 작고 예쁜 서점 같다며 좋아했다. 내 방으로 가거나 내 방에서 나올 때 늘어놓은 책들을 보며 흐뭇해했다.

전시된(?) 책들은 분야도 다양했다.《난장이가 쏘아 올린 작은 공》 같은 소설과《프로이트 정신분석학》 같은 인문서,《그 여름의 끝》 같은 시집,《돈 후앙의 가르침》 같은 명상 서적,《정적 안에서》 같은 사진집 등이 있

었다. 책을 읽을 여유가 생겼고, 조용히 혼자만의 시간을 보낼 수 있는 내 방도 생겼지만, 이 책들 중 하나를 집어 드는 일은 없었다.

내가 스무 살의 날들부터 이고 지고 온 책들은, 내 이상형 같은 거였다. 철학적 사유가 풍부하고, 사회와 삶의 문제를 냉철하게 바라볼 줄 알고, 인류에 대해 고민하며, 때론 자유롭고 때론 고요하게 살아가는 사람. 그러니까 책은 그런 사람이 되고 싶다는 내 소망과 의지를 드러내는 도구였고, 이정표였던 것이다. 하지만 의지는 드러내는 게 아니라 드러나야 하는 법. 그런 책들을 펼쳐놓는다고 될 일이 아니라, 실제 그런 생각을 갖고 생활하여 누가 보더라도 그런 깊이와 향기가 느껴져야 하는 것이다.

몇십 년 동안 쌓아온 방대한 이상형의 조건은, 결국 하나도 충족되지 않았다. 나는 여전히 철학적 사유가 깊지 않고, 사회와 삶의 문제 앞에선 상황을 파악하고 내 입장을 정리하기까지 꽤나 오래 갈팡질팡하고, 인류에 대해서는 부끄럽지만 거의 생각하지 않으며, 그다지 자유롭지도 고요하지도 않은 삶을 살았다.

그런데 가만 생각해보니 지금의 나는 그런 사람이 되기를 그다지 바라지 않았다. 그저 '너무 애쓰지 않고 자신에게 만족하며 그래서 행복하다'고 말하는 삶이 최고라 생각하기 시작했다. 이제 나는 내가 별로 창의적이지도, 두드러지게 명석하지도 않은 사람이란 것을 안다.

조금도 특별하지 않고 지극히 평범하다 못해 어떤 면에서는 평균 이하라는 것도 인정한다.

하지만 그 사실이 별로 씁쓸하지 않다. 아니 전혀 씁쓸하지 않다. 애써 어떠한 사람이 되려고 노력하지 않고, 그냥 이런 나로 잘 살아보기로 하지 않았던가. 거들떠보지 않게 된 내 이상형들은 책처럼 색이 바래고 낡아 있었다.

안쪽 다락을 내 방에서 침실로 바꾸고 난 뒤, 다락 사이에 늘어놓은 책들 위로 쌓이는 먼지가 거슬리기 시작했다. 먼지들이 침실 쪽으로 흘러드는 것만 같았다. 책도 옷과 다르지 않다. 옷은 입지 못하면 쓸모가 없다. 나중 따위는 없다. 나중에는 체형도 취향도 변해 분명 다른 옷이 입고 싶어질 것이다. 책도 마찬가지. 매일 얼마나 많은 신간이 쏟아져 나오는데 이미 읽었거나 지금껏 읽지 않은 책을 과연 나중에 읽겠는가. 이젠 허영심을 과시하고 싶은 마음도 접었으니 그걸 드러내주던 도구는 정말 불필요해졌다.

늘어놓은 책들과 차마 자리가 없어 구석에 쌓아둔 책들을 한데 모으니 만만찮은 양이었다. 반 이상이 90년대 이전 활판인쇄로 찍은 책들이라 글씨도 작았고 종이도 몹시 누렇게 바래 있었다. 대부분 제목만으로 허영심을 채워준 책들이었고, 절판되었다는 이유로 만족감을 높여준 책들이다.

그중 꼭 남기고 싶은 책 몇 권만 빼놓고 차곡차곡 쌓아 노끈으로 묶었다. 제법 최근 것으로 상태가 괜찮은 책들은 중고서점에 팔 요량으로 분리했다. 우습게도 모든 이별은 새삼 한순간에 이뤄진다. 내어줄 공간이 있다고 여겼기에 동거를 이어왔던 것뿐인지도 모르겠다.

지금 나의 취미는 독서다. 이제는 정말 자신 있게 독서라고 말할 수 있다. 취미의 정의는 '감흥을 느끼어 마음이 당기는 멋'이라고 한다. 지금에서야 나는 제대로 책 읽기의 즐거움을 누리고 있다. 글을 보는 일이 직업이다 보니 일 외에 글을 보는 게 싫었는데, 이젠 일을 마치고 일과는 별개로 책을 읽는다. 감흥을 느끼어, 마음이 당겨 무척 즐겁게, 푹 빠져서.

가끔 생각을 넓혀주는 책을 읽긴 하지만, 대체로 삶을 넓혀주는 책을 본다. 사람들이 살아가는 이야기에 마음이 당기고, 그 안에서 발견하게 되는 삶의 공통점들에 감흥을 느끼기 때문이다. 하지만 그 이야기들이 마음에 혹은 생각에 쌓일 뿐, 더는 공간을 차지하지 않는다.

다 읽은 책은 다른 사람에게 권하듯 준다. 중고서점에 팔기도 한다. 책을 팔러 간 김에 다른 책을 사기도 한다. 밑줄 긋고 싶을 만큼 마음을 흔드는 구절은, 공책에 연필로 꾹꾹 눌러 따라 적어 보기도 하지만, 대체로 다시 들춰보는 일은 없고 가슴속에 혹은 머릿속에 남았던 문장들은 잊히고 만다. 사실 뭐든 그러기 마련이고, 그게 자연스럽다.

취미가 독서가 되었지만, 집에 서재는 물론 책장도 없다. 책은 그저 그 시간을 함께한 멋진 친구이다. 모든 만남이 그러하듯, 즐겁게 많은 이야기를 나누고 깨달음과 느낌을 공유한 뒤 반갑게 헤어진다. 그 만남들을 일일이 진열할 필요는 없다. 언젠가 잊히더라도 그 만남들은 내 안에 작은 흔적을 남길 것이다. 내가 알든 모르든. 그걸로 충분하다.

알맞다는 것의 의미

많다고 넓다고 좋은 건 아니었다. 뭐든 딱 '필요한 정도'란 것이 있기 마련이다. 작은 집에서 살아보니 필요한 정도를 알 것 같다. 정작 삶에 필요한 것은 무엇이고, 어떤 게 군더더기인지도.

주방을 뜯어 고친 이유는 넓지만 불편해서였다. 아이러니하게 집 공간 대비 꽤 넓은 면적을 차지하고 있음에도, 주방의 정석이라 부르는 ㄷ자 싱크대를 갖췄음에도 불편했다. 아니 굳이 말하면 그 공간이 필요치 않았다. 가스레인지와 개수대, 그리고 그 사이 공간에서 주로 조리가 이뤄졌는데, 정작 가스레인지와 개수대 사이는 넓지 않았고, 그럼에도 굳이 거기서 모든 조리를 어찌어찌 해냈으니(그래 봤자 2인 밥상 차리는 일이 얼마나 복잡하겠는가) 다른 곳은 무용지물이 되어 갔다.

남편도 요리를 좋아하고, 집을 지을 때까지만 해도 남편이 나보다 음식을 더 잘 만들었기에 우리에게는 넓은 주방이 필요하다고 생각했다. 나는 레시피를 그대로 따르는 반면, 남편은 조리병 출신답게 감으로 양념을 했는데, 기가 막히게 간을 맞췄다. 창의력을 발휘해 소스를 조합하며 새로운 맛을 만들어내기까지 했다.

이제 막 같이 재택근무를 시작한 터라 집안일 분담에 내가 꽤 예민하게 굴던 때였다. 그러니까 밥도 같이 준비해야 하니 동선이 부딪히지 않고 편하려면 ㄷ자 넓은 조리대는 필수라고 여긴 것이다. 하지만 매끼 홈 파티를 열 것도 아니고 김치찌개에 달걀프라이를 하는 데 굳이 둘이 팔을 걷어붙일 이유는 없었다.

본격적으로 집에 있으면서 나는 점점 요리에 재미를 붙였다. 뭐든 할수록 실력이 늘듯 요리도 잘하게 됐다.

여전히 레시피가 필요하지만, 또 어느 정도는 감으로 간을 맞출 수 있게 되었고(주부로서 너무 당연한 얘기인 걸까), 예전이라면 한 시간은 걸렸을 법한 것들을 10~20분 만에 뚝딱 만들어냈다.

마침 요리에 관심을 갖기 시작할 무렵, 소위 '쿡방'이 유행하여 그 수많은 선생님들 덕분에 할 수 있는 메뉴도 늘고, 같은 요리도 빨리 할 수 있게 됐다. 당연히 사 먹어야 하는 줄 알았던 짜장면이나 닭강정도 얼마든지 집에서 만들 수 있는 메뉴가 되었고, 오히려 좋은 재료로 한 것을 먹을 수 있다는 '집밥의 장점'에 매료되어 나는 점점 더 열심히 음식을 만들었다.

내 요리 실력이 늘면서 감탄했던 남편 요리에 단점이 보이기 시작했다. 남편 요리는 간이 너무 셌다. 회사 다니며 늘 밖의 음식을 먹던 때는 그 입맛에 길들여져 짜고 맵고 자극적인 간이 맛있게 여겨졌다. 그러나 온갖 소스를 조합해 재료 본연의 맛을 가리는 남편의 요리가 점점 싫어졌고, 급기야 남편에게 요리 금지 명령을 내리기에 이르렀다.

그렇게 주방은 내 공간이 되어 갔다. 혼자 요리를 하니 넓은 조리대가 필요 없었다. 게다가 키 큰 남편과 키 작은 내가 모두 편하게 사용할 수 있는 적당한 높이로 맞췄으나 여전히 내게는 높아 불편했다. 단단한 채소를 썰거나 웍에 많은 재료를 넣고 볶을 때는 까치발을 들어야 했으니 말이다.

주방은 그야말로 주방 이외의 공간으로는 사용하지도 못하는데, 12평 작은 공간에서 주방이 얌체처럼 너무 많은 공간을 차지하고 있는 것도 눈에 거슬렸다. (ㄷ자 싱크대는 처음엔 식탁의 기능도 했지만, 밥 먹을 때 TV를 봐야 하는 오랜 습관을 좀처럼 버리지 못해 우리는 주로 거실에서 상을 펴고 밥을 먹는다.)

하지만 주방을 고치자니 답이 없었다. 뜯어내는 것까지야 하겠지만(단차를 없애는 것도 우리가 했으니까) 새로 만드는 건 우리가 할 수 없는 일 같았다.

그러던 차에 〈내 방의 품격〉이라는 셀프 인테리어 방송을 통해 서랍형 싱크대를 혼자서 만든 20대 여대생을 알게 됐다. 그녀는 달걀프라이 만드는 법을 설명하듯 싱크대 제작법을 말하며 누구나 할 수 있는 일이란 걸 강조했다. 나무는 주문할 때 다 재단되어 오니 조립만 하면 된다는 것이다.

서랍이라면 안쪽에 쌓아둔 그릇도 쉽게 꺼내 쓸 수 있으니, ㄷ자 상하부장에 펼치듯 넣어둔 그릇과 조리도구들을 오히려 사용하기 편하게 보관할 수 있을 듯했고, 많은 공간이 필요하지도 않을 듯했다. 서랍형 싱크대는 작은 주방을 똑똑하게 쓰는 방법 같았다.

분명 그녀는 처음 해본 일이라 했다. 그렇다면 우리도 할 수 있지 않을까. 우린 둘이고, 게다가 타카 박는 것쯤은 일도 아닌 남편이니까.

그녀의 호언장담에 힘입어 우리 손으로 싱크대를 바꿔보기로 했다. 일단 어떻게 바꿀지 차분하게 그림을 그렸다. 가스레인지와 개수대를 양끝으로 배치해, 그 사이에 조리 공간을 최대한 확보하는 게 우선이었다. 기존의 수도 시설과 가스 배관 라인을 고려해 개수대와 드럼세탁기 위치도 정했다. 그렇게 'ㄴ'자 6칸짜리 서랍형 싱크대가 완성됐다.

여러 차례 치수를 재고 확인하며, 나무를 주문했다. 레일 두께와 필요한 간격, 나무 두께를 잘 계산하는 것이 관건이었다. 모든 나무는 몇 밀리미터로 길이가 정해졌다. 가스레인지와 개수대를 넣을 자리도 몇 번을 확인하여 타공 추가 주문을 넣었다.

며칠 뒤 나무는 1밀리미터의 오차도 없이 딱 맞게 재단되어 배달되었다. 나무를 받고 마당에서 거의 종일 바니시를 발랐다. 아무래도 물을 많이 쓰는 주방이니 방수를 철저히 해야 나무가 썩는 일이 없을 테니까.

마르면 다시 바르고 또 바르기를 네 번. 내가 바니시를 칠하는 동안, 남편은 상부장을 뜯어내고(상부장은 다리를 달고 작업실의 낮은 수납장으로 변신했다), 상판과 서랍을 부수고(윽! 내 돈!) 필요 없는 부분은 없애 싱크대 틀을 만들었다. 그렇게 하루 만에 우리는 우리 손으로 주방을 바꾸었다.

상부장이 없으니 답답하던 느낌이 사라졌다. 좁은 공간에서는 뭐든 낮게 배치해야 한다는 원리는 역시나 진리였다. 창문을 가리던 냉장고를 돌려놓으니 창밖 풍경이, 길가의 계절이 고스란히 집 안으로 들어왔다. 길을 사이에 두고 건너편 앞집 담장에 피는 장미꽃은 지나가던 사람들의 발길을 멈춰 세울 만큼 아름다운데, 그 아름다운 풍경이 액자 속 그림처럼 우리 집에 걸렸다. 하루가 다르게 피어나는 꽃들에 부엌으로 향하던 발길을 멈추고 바라본 게 한두 번이 아니다.

결과적으로 부엌은 이전보다 작아졌지만 오히려 더 편해졌다. 많다고 넓다고 좋은 건 아니었다. 뭐든 딱 '필요한 정도'란 것이 있기 마련이다. 몇 년 전 TV에서 '타이니 하우스'에 사는 사람들을 본 적이 있다. 그들은 작은 집 예찬론자들로 넓게는 9평, 좁게는 3~4평짜리 작은 집에서 살았다. 그들의 말에 공감하면서도 협소한 주방과 욕실을 보며 꽤 불편할 거란 생각을 했는데, (그 정도는 아니지만) 작은 집에서 살아보니 필요한 정도를 알 것 같다. 정작 삶에 필요한 것은 무엇이고, 어떤 게 군더더기인지도.

우리 집엔 없는 게 많다. 소파도, 화장대도, 식탁도

없다. 김치냉장고나 건조기, 장식장은 물론이다. 화장대나 장식장이 없으니, 화장품도 장식품도 사지 않는다. 없는 건 없는 대로 익숙해지기 마련이다.

한 여배우가 죽을 때 여행 가방 하나에 담길 만한 짐만 남기면 좋겠다고 말하는 것을 들으며 심하게 고개를 끄덕인 적이 있다. 뭐, 죽을 때가 아니더라도 평생 여행 가방 하나에 들어갈 만큼의 짐만 소유하면서 살게 되면 좋겠다는 생각이 든다.

알맞게만 있으면 된다.
필요한 만큼만 있으면 된다.
불편하지 않은 정도가 알맞음의 기준이지 않을까.
물건이든, 공간이든, 관계든, 일이든, 전부 말이다.

불편하지 않음에도 부족하다 느끼는 건 마음이 다른 곳을 바라보기 때문일 것이다. 배고프지 않지만 공복을 느끼는 뇌처럼 말이다. 그 공복을 이기지 못하고, 또는 혀에서만 좋은 순간의 행복이 그리워 먹은 야식들은 결국 해롭다. 몸에건 삶에건 군살을 찌우는 건 좋지 않다. 몸에 찌는 군살은 왠지 내 소관이 아닌 듯하니, 부디 삶에 찌는 군살만큼이라도 잘 관리해야겠다.

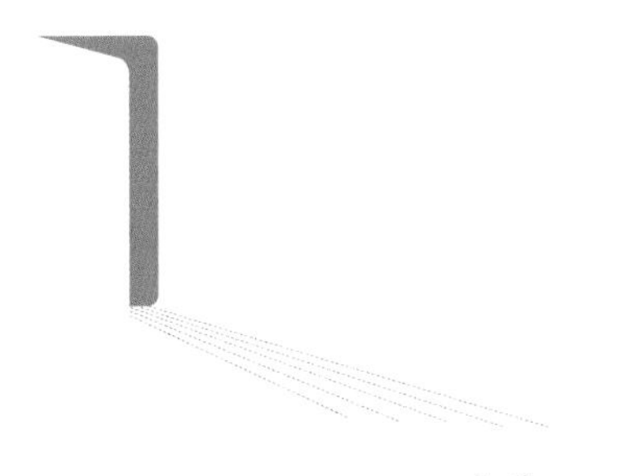

내게 취향이란,

내 공간에 놓인 가구와 물건들은, 나의 지금을 말해주고 있다. 필요한 것만 두고 아껴서 쓰며 이야기 하나를 덧붙여 그 물건의 삶을 연장하겠다는 다짐과 실천이 담겨 있다.

세 번째 봄이 왔다. 그사이 많은 것이 달라졌다. 봄은 안쪽 구석에 놓인 방석에서 아늑한 낮잠을 잤고, ㄷ자 거실을 뛰어다녔다. 나무 천장이 손에 닿는 다락에서 잠들고 깨는 순간은 여전히 설레었고, 창이 매우 큰 길가 쪽 다락에서 남편과 나란히 앉아 일을 하는 것도 제법 유쾌했다.

주방은 작아졌지만 오히려 효율적으로 짜여 음식 만드는 일이 가뿐해졌다. 그 과정에서 많은 걸 정리하여 집 안은 조금 휑한 느낌마저 들었지만, 뭔가를 더 채워 넣으려 하지 않았다. 시간이 지나면 흰 벽들에도 적응이 될 테고, 부족한 것보다는 오히려 불필요한 무언가가 발견될지도 모른다는 생각도 들었다.

블로그를 통해 온라인 집들이를 하는 사람들의 특징은 대개 취향이 있다는 것이다. 그녀들은 욕실 앞에 놓인 발판 하나에도 자신의 취향을 드러낸다. 대체로 집은 비슷한 색과 디자인의 가구와 물건으로 꾸며지고, 서로 완벽한 조화를 이룬다. 어떨 땐 그녀가 입고 있는 옷과도 어울린다.

그렇다면 나의 공간에서 내 취향을 드러내는 건 무엇일까? 별로 있지도 않은 가구들은 재질도 색상도 제각각이다. 별도의 인테리어 소품도 없다. 벽에 그림 하나 사진 하나 걸려 있지 않다. 가구 외에 놓인 건 실내 공기 정화를 책임지고 있는 화분들뿐이다.

반려견 봄이의 부실한 관절 때문에 거실에 쫙 깔아

놓은 미끄럼방지 매트와 카펫에도 취향이란 게 드러나지 않는다. 한때 가졌던 내 방에도 사실 특별한 건 없었다. 물건보다는 음악과 향으로 공간을 채웠고, 새삼 욕심 내었으나 공간을 꾸미는 데 익숙하지 않아 어찌할 줄 몰랐던 것 같다.

다락에 침실을 만들고, 침실을 거실로 만드는 과정에서 필요한 것들이 생겨났다. 문과 바닥을 모두 뜯어내는 바람에 침실 문 옆에 어정쩡하게 서 있게 된 붙박이장은 없애야 했고, 그걸 대신할 옷장이 필요해진 것이다.

무언가가 필요해지면 우린 가장 먼저 온라인 카페 〈중고나라〉를 찾는다. 그곳엔 없는 게 없다. 할부로 살 수 없다는 부담은 있지만, 대체로 원래 가격의 반값 정도에 사게 되니 그런 부담쯤은 감수할 수 있다. 결혼 때 장만한 냉장고, 세탁기, 작은 벽걸이 에어컨, 전자레인지를 빼면 지금의 가구와 물건은 거의 중고로 산 것들이다. 널찍해서 편하게 잘 쓰고 있는 책상과 약간 노르스름한 기가 있지만 글씨 보는 데 아무 지장이 없는 모니터, 여름날 찜통 같은 다락의 열기를 식혀주는 이동형 에어컨, 교체한 커다란 TV도 모두 〈중고나라〉를 통해 만났다.

옷장이 필요해진 우리는 몇 날 며칠 열심히 중고의 세계를 헤매고 뒤지다 결국 6단 철제 캐비닛을 재활용센터에서 사기로 했다. 헬스장이나 대중목욕탕에서나 써봤지, 그걸 옷장으로 쓸 생각은 못 했다가 볼수록 마음에

들어 결정한 것이다.

계절별로 아이템별로 옷을 나눠 넣을 수 있고, 사용하지 않는 곳은 잠가버리면 되어 편리할 듯했다. 긴 옷이 온전히 걸리지 않는 건 불편하지만, 남편이나 나나 캐주얼 차림을 선호하는 편이라 구김이 문제되는 옷은 별로 없어 또 괜찮았다. 옷장 가로 폭이 90센티미터라는 점이 무엇보다 맘에 들었다. 우리 집에서는 뭐든 작아야 하니까. 그렇게 중고 출신이 하나 더 늘었다.

중고를 샀던 건 단지 쌌기 때문이다. 사용에 문제도 전혀 없고 하다못해 흠도 하나 없는데, 단지 누가 미리 썼다는 이유로 가격은 절반이니 너무 좋지 않은가. 가난하게 시작한 우리는 한 푼이라도 아껴야 했기에 그야말로 중고는 최상의 대안이었다. 곱게 쓰고 필요 없어지면 다시 되팔기도 했다. 염치없는 얘기지만 어떤 건 필요한 만큼 몇 년을 쓰고 샀던 가격으로 다시 팔기도 했다. 사용료 한 푼 내지 않고 쓴 셈이다.

중고로 물건을 사다 보니 사실 선택의 여지는 없다. 적당한 가격(되도록 쌀수록 좋다), 멀쩡한 상태, 직거래 가능한 거리가 기준이 된다. 그래서 우리 집 가구는 재질도 색상도 제각각이다. 나무 서랍장과 '국방색' 철제 캐비닛은 좀처럼 어울리지 않는다.

중고 물품을 사용하는 일은, 비록 나의 취향을 담을 수는 없지만, 제법 의미 있는 일이란 생각이 든다. 누군가 쓰던 물건을 이어 쓰고 다시 누군가에게 전달하는 행위는 그 물건이 가진 이야기를 공유하는 것 같기도 하며, 그 물건의 수명을 연장해주는 것 같아 기분이 좋아진다.

이동형 에어컨은 양재동 한 원룸에서 30대 남자와 살았다. 풀 옵션 원룸으로 이사하게 되어 쓰임이 다한 그 에어컨은 우리 집으로 와 30도가 넘는 여름날, 지붕으로 내리쬐는 열기를 고스란히 식혀주고 있다. 시원하지만 제법 소리가 크고 몇 시간에 한 번씩 물을 버려야 하는 불편 때문에 아마도 그에게는 열대야를 잠재우지도 못한 구박덩이였을지도 모르겠다. 하지만 주로 낮 동안 일하는 우리에게 소음은 상관없고, 물 버림을 핑계로 허리를 펼 수 있어 소중한 존재가 되었다.

책상은 홍대 근처에 있던 디자인 회사가 문을 닫는 바람에 우리에게 왔다. 컴퓨터 전선을 넣는 구멍까지 친절히 뚫려 있었다. 뒤숭숭했던 사무실에서 봤던 그 젊은 사장이 지금은 무엇을 하고 있을지 가끔 궁금해지면서 잘 살고 있기를 빌어주기도 한다.

조금 다른 얘기지만 공간이 다른 역할을 맡는 과정에서 가구들도 다른 역할을 맡게 되었다. 붙박이장 아래

칸은 다락 침실에 놓여 계절 이불을 담고 있다. 옆으로 뉘이고 이동이 편하게 바퀴를 달았다. 예쁘게 페인트도 칠해주었다. 싱크대 상부장은 다리를 달고 다락 작업실로 옮겨져 재봉틀과 가습기 등을 넣는 수납장이 되었다. 봄이 밥그릇 받침대로 변한 것도 있다. 그렇게 우리 집 물건에는 대체로 역사가 있고 이야기가 있다.

소유의 의미는 '가지고 있음'이다. 지금 가지고 있음, 즉 현재형이다. 지금 내가 가지고 있지만 과거엔 누군가가 가지고 있었고, 미래에는 또 다른 이가 가지고 있게 될 것들. 지금 잠시 가지고 있는 것일 뿐이라는 사실은 겸손한 마음을 갖게 한다. 그저 지금 나의 필요를 채워주고 있는 것들에 예의를 다해야 하지 않을까 하는 마음마저 든다.

그러고 보면 내 공간에 놓인 가구와 물건들은, 나의 지금을 말해주고 있다. 필요한 것만 두고 아껴서 쓰며 이야기 하나를 덧붙여 그 물건의 삶을 연장하겠다는 다짐과 실천이 담겨 있다. 사전을 찾아보니 취향이란 '하고 싶은 마음이 생기는 방향'이라고 한다. 그러니 휑해진 공간은, 그곳에 자리한 쓰임 있는 물건들은, 제각각이라 서로 어울리지 않지만 각자의 이야기를 품은 가구들은, 결국 나의 취향을 드러내고 있는 셈이다.

Part 3.

집에 내 삶을 담아갑니다

오늘도
바오밥나무
싹을 뽑고
장미에
물을 준다.

나와
내 별과
내 별에 사는
이들을 위해.

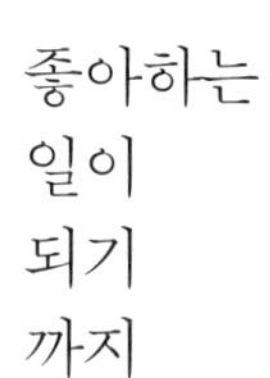

좋아하는 일이 되기까지

불안한 마음이 고개를 들려 할 때마다 처음의 마음을 상기시켰다. 이 집에 담고 싶었던 삶을. 너무 애쓰지 않으며 단정하고 조용한 나를 지켜가고 싶었던 바람을.

매일 아침 아홉 시가 되면 나는 어김없이 책상 앞에 앉아 컴퓨터를 켠다. 특별히 외출을 하지 않는 한, 토요일이건 일요일이건 거의 그렇다. 달달한 믹스커피를 마시면서 지징지징 부팅 소리를 듣고, 시커멓던 모니터에 윈도우 창이 환하게 열리는 걸 바라본다. 그와 동시에 나는 '일하는 사람' 모드로 전환된다. 프리랜서 생활을 하면서, 아니 더 정확하게는 이 집에 살면서 만들어진 생활 루틴이다.

밥벌이는 고단하고 힘겨운 일임에 틀림없다. 하지만 그 고단함과 힘겨움이 아이러니하게도 삶에 활력을 준다. 그러니까 아침에 컴퓨터 앞에 앉아 환해지는 모니터를 바라보는 시간이, 어쩌면 내가 가장 생기 넘치고 눈이 반짝거리는 순간일지도 모른다.

나는 내 '직업'을 좋아한다. 적성에 맞고 재능도 있다(고 생각한다). 회사에서도 대체로 필요한 인력으로 평가받았다. 하지만 대인관계가 세상에서 제일 어려운 나로서는 '직업인'이 아닌 '직장인'으로 사는 일이 몹시 힘들었다.

그냥 '일'만 하면 잘할 것 같은데, 인맥 관리도, 사내 정치도 신경 써야 했다. 궁금하지도 않은 안부를 묻고, 알고 있는 사적 정보를 총동원하여 내가 당신에게 얼마나 관심이 있는지, 당신을 얼마나 신경 쓰고 있는지 필사적으로 전하는 일 따위가 몇 날 며칠 야근하는 것보다 몇 배는 힘들었다.

내가 다닌 회사들은 대체로 10인 이하의 직원이 있는, 체계가 별로 잡히지 않은, 또는 대표 맘대로 운영을 하는 곳들이었다. 그러다 보니 말도 안 되는 일이 많이 벌어졌고, 이 일들은 늘 너무 가까이서 일어났다.

대표의 친인척이란 이유로 업무에 대한 지식이 전혀 없는 사람이 내 윗자리에 앉아 '감 놔라 대추 놔라' 하는 걸 참아야 했고, 직원보다 임원이 많은 회사의 팀원 없는 팀장이 되어 산으로 가는 배 안에서 멀미가 나도록 노를 젓기도 했다. 사내에 부적절한 관계를 가진 상사가 공과 사를 구분하지 못하고 소위 내연녀를 늘 편들고 나서는 어처구니없는 상황에 놓이기도 했다. 회사를 배경으로 펼쳐지는 막장 드라마의 이야기처럼, 내가 한 일을 자기 공으로 가져간 상사도 있었고.

회사란 곳은 정말이지 다른 언어와 다른 논리로 굴러가는 외계 세상 같았고, 아무리 노력해도 배우기 힘든 외계어 때문에 나는 점점 더 벙어리가 되어 갔다. 억울한 상황에서도 외계어를 몰라 항의조차 할 수 없는 것 또한 내가 감당해야 할 몫이었다.

그 상황을 참게 한 힘은 '빚'이었는데, 한계가 올 즈음 다행히 빚을 갚았고, 빚이 없다는 사실은 나를 돌볼 이유가 되었다. 일단 매달 내야 했던 대출금만큼 벌지 않아도 되었고, 둘이 벌어 둘만 쓰니 적게 벌게 되더라도 아껴 쓰면 그뿐이었다. 아껴 쓰는 일에는 꽤 많은 노하우와 재능이 쌓인 터였다. (따로 작업실을 마련하지 않고 집에서 일하는 것도 지출을 줄이기 위해서다.)

하지만 프리랜서의 삶도 만만치는 않았다. 억지로 눈을 떠 무거운 마음을 짊어지고 꾸역꾸역 회사로 향하던 아침이, 귀를 틀어막고 싶던 숱한 오후가, 시계를 수차례 쳐다보며 한숨 쉬던 저녁이 삶에서 사라졌다는 건 너무 행복했다. 그러나 그 자리를 일 없이 멍하니 앉은 오전이, 텅 빈 메일을 바라보며 한숨 쉬는 오후가, 불안한 저녁이 채워가기 시작했다.

이 집에서, 고집을 부려 만든 내 작은 다락방에서 일하기 시작했을 때는, 가진 돈을 모두 털어 집을 사고 고쳐 짓느라 또 빚까지 진 바람에 아껴 쓰면 그뿐이라던 호기롭던 마음이 사라졌을 때였다. 불안한 마음이 자라나 조급증마저 생겼지만 일을 얻는 건 쉽지 않았다. 사회성이 1도 없는 내 성격에 인맥이란 게 있을 리 없다. 매일, 그것도 한 시간 간격으로 구직 사이트를 들락거리며 직원이 아닌 '외주'를 뽑는다는 공고를 보면 재고 따질 겨를도 없이 이력서를 보냈다.

대체로 직원을 뽑을 여력이 안 되는 작은 규모의 회사에서 외주를 구했는데, 그러다 보니 어처구니없는 일은 여전했다. 말도 안 되는 이유로 돈을 주지 않으려는, 정말 거지 같은 곳도 있었고, 사정이 어렵다는 이유로 요

구대로 일을 다 끝낸 시점에서 작업비를 깎는 곳도 있었다. 매번 계약서를 썼지만, 대체로 지켜지지 않았다. 작업 기간도, 지급일도, 하물며 금액도 '갑'의 사정에 따라 달라졌고, '을'이 된 나는 그저 당할 뿐이었다.

내가 일하는 업종은 크고 작은 업체가 산재해 있고, 이직률이 높은 데다 단군 이래 최악의 침체기라는 말이 10년 넘게 이어지고 있는 곳이다 보니 인력 감축이 이뤄지는 곳이 많아, 자의적 혹은 타의적으로 외주로 떠밀린 나의 경쟁자들이 넘쳐난다. 어쩌다 '외주' 구인 공고라도 뜨면 하루 만에 조회 수가 300을 넘길 정도다.

그러다 보니 300대 1의 경쟁률을 뚫고 당첨이 된 '을'로서 주어지는 기회를 걷어차기란 쉽지 않다. 한 번의 거절은 영원한 안녕과 다름없으니 말이다. 비슷비슷한 이력서들 사이에서 어떤 점에 끌려 나에게 연락을 했는지는 모르지만, 내가 걷어찬 기회를 잡은 누군가는 분명 최선을 다할 테고 그 순간부터 그 업체의 일은 그 사람 차지가 될 테니까.

일은 머피의 법칙처럼 아예 없거나 몰려왔고, 몰리더라도 무엇 하나 거절할 수 없었다. 당연히 생활은 엉망이 되었다. 점점 내 생활의 중심에는 내가 아닌 수많은 갑들이 있었고, 나는 갑들의 줄에 묶인 마리오네트가 된 듯했다. 언제 올지 모를 연락을 기다리느라 안절부절못했고, 예스맨이 되어 버겁게 일을 했으며, 부당함에는 눈을 감았다.

어느 무더운 여름, 외주 4년차가 되었을 때다. 옆구리가 심하게 간지러웠다. 두드러기가 브래지어 선을 따라 벌겋게 번져 있었다. 더운 다락 작업실에서 열대야를 이겨가며 일했으니 땀띠가 난 모양이라 생각했다. 실제 온도를 재어 보지는 않았지만, 고개만 기울여도 지붕이 닿는 다락에서 일을 하고 있으면, 한낮에는 그야말로 태양이 바로 머리 위에서 내리쬐는 듯한 열기가 느껴지기도 할 정도니까(이동형 에어컨을 아직 들이지 않았던 때였다). 정말 무슨 대책을 마련해야지 극한 직업이 따로 없다며 고개를 절레절레 젓고는 찬물로 샤워를 하고 차가운 수분크림을 바른 뒤 잠자리에 누웠다.

자는 동안 몇 번은 간지러워 긁었던 것 같다. 그런데 새벽을 지나며 간지러움은 통증으로 이어졌다. 긁은 자리가 쓰라린 게 아니라 숨을 쉬기 버거웠고, 옆구리 뼈마디가 아파 돌아누울 수조차 없었다. 도저히 잠을 잘 수 없어 앉으려는데 그마저도 힘이 들었다. '아' 하는 외마디가 절로 나왔다.

인터넷 창을 열고 증상을 검색했다. 대상포진이었다. 주로 노년층이 기력이 떨어져 걸린다는 대상포진. 창창한 나이에 웬일인가 싶었다. 가만히 벽에 비스듬히 기대어 앉아 있자니 어이없어 웃음이 나왔다. 한심하기도 하고 황당하기도 했다. 나를 위한답시고 선택한 상황에서 나는 나를 조금도 지키지 못하고 있었다. 처음의 용기는 어디 가고 마음속 들끓는 불안을 어쩌지 못해 비굴해진 나만 있었다.

좋은 학교였지만 문과대, 그것도 인기 없는 학과여서 그랬는지 취업은 어려웠다. IMF 이전만 하더라도 대기업에 그냥 취업이 되었다는데 다 옛말이었다. 제법 사는 선배나 동기들은 유학을 갔고, 몇몇은 해외로 취업을 했다. 외국어 자체가 콤플렉스였던 나는(중고등학생 때도 내 점수를 깎아먹는 건 영어였고, 그 점수를 채워준 게 수학이었다) 역시나 토익 점수도 엉망이었고, 학기 중 어학연수 한 번 다녀오지 않아 해외 취업은 꿈도 꾸지 못했다.

당시 아빠는 이른 나이에 명예퇴직을 당했고, 퇴직금의 반은 동업을 하자는 친척의 유혹에 넘어가 홀라당 날렸으며, 알음알음으로 어찌어찌 돈벌이를 하고 계셨으나 너무 힘드셨는지 우리가 얼른 돈을 벌어 앞가림을 넘어 생활에 보탬이 되기를 바라셨다.

무슨 일을 하고 싶은지 무엇이 되고 싶은지 답을 얻지 못한 상황에서 떠밀리듯 졸업도 전에 구한 직장은 아빠의 바람대로 생활에 보탬이 되기엔 턱없이 부족한 월급을 주는 곳이었다. 그래도 일을 할 수 있다는 것만으로 감사했고, 부족하나마 내 역할을 하고 있다는 사실에 안도할 수 있었다. 시절이 어느 땐데, 나를 '재은 씨'가 아닌 '미스 정'이라 부르는 사장과 부장은 간단한 오전 업무를 마치면 바로 외근을 나갔고, 나는 늘 사무실에 혼자 있었다. 어쩌다 울리는 전화벨 소리와 팩스 수신음을 제외하곤 아무 소리도 없는 고요한 시간이었다.

그곳은 삶의 방향을 정할 때까지 잠시 머무는 간이역 같다가도, 무기력함을 끌어안고 산 한심한 청춘에게 어울리는 유배지 같기도 했다. 일은 심하게 지루하지 않을 정도로만 있었다. 대체로 잘 몰입되지 않았지만, 몰두하지 않아도 적당히 하루의 일을 퇴근 시간 안에 마칠 수 있는 정도였다. 나는 고요한 사무실에 내내 무표정하게 앉아 하루를 보냈다.

그런 내가 유일하게 긴장을 할 때가 있었는데, 옆 회사 선배가 놀러올 때였다. (한 건물에 같은 업종의 작은 회사가 여럿 모여 있었다.) 선배는 사무실에 들러 자신은 이제 필요 없다며 내게《돈 후앙의 가르침》,《천상의 예언》같은 책을 주었고, 네팔과 인도에서의 일들을 얘기해주었으며, 그러다 생각을 묻는 질문을 던지고는 했다. 대체로 선배와의 대화는 선문답처럼 늘 어렵기만 했다.

한번은 선배가 하나의 물건에 대해 1분 동안 말하기 같은 '놀이'를 불쑥 제안했다. 규칙은 그 물건이 가진 다른 것과의 관계나 내가 그 물건을 쓰는 방식, 즉 나와

의 관계 같은 것을 뺀, 오직 그 물건의 일반적인 본질(?)에 대해서만 말하는 것이다. 예를 들어 연필에 대해 말하기라면, '흑심이 있다'는 건 맞지만, '길다' 같은 변할 수 있는 성질이나 '글씨를 쓴다' 같은 나의 행동으로 인해 생겨난 결과는 해당되지 않는 식이다.

나는 이 놀이를 늘 제대로 해내지 못했다. 어쩌면 이 놀이는 그 불가능함으로 의미가 있는 건지도 모른다. 선배는 내게 관계와 시간을 벗어나 '지금의 그것', 그 본질 자체만을 생각한다는 것이 어떤 건지 깨닫게 해주었고, 덕분에 나는 나에 대해 그동안 미뤄뒀던 많은 생각을 할 수 있었다.

그 새벽에 잠을 이루지 못하고 숨도 쉬기 버거운 옆구리를 부여잡고 앉아 있는데, 문득 그 선배가 알려준 1분 동안 말하기가 생각났다. 지금의 나에 대해 1분 동안 말하기. 관계를 떠나야 하니 누구의 딸이고 아내인 건 제외한 채, 오롯이 나에 대해서만.

차분하게 '나는'으로 시작되는 문장들을 나열해봤다. 내가 연필이든 신발이든 그 무엇에 대해 말할 때 그 문장이 해당되는지 판단해주던 선배가 옆에 없어 내가 늘어놓은 문장들이 맞는지 어떤지는 알 수 없었다. 나열한 여러 문장들이 본질적인 나인지, 내가 바라는 나인지, 허상의 나인지도.

Part 3.

하지만 분명한 건 '일하는 나'는 여러 문장 중 하나라는 것이다. 하루 중 많은 부분을 차지해왔지만, 희생하고 나를 해쳐가면서도 감내했던 시간들이었지만, '일하는 나'는 그저 여러 나 중 하나일 뿐이라는 것. 그러니 거기에 얽매이지 말고 나머지 다른 나도 공평하게 챙기고, 그것들에도 집중해야 하지 않을까 싶었다. 그리하여 '일하는 나' 역시 가볍고 건강하고 산뜻해져야 하는 게 아닐까 싶었다.

아홉 시가 되기를 기다렸다가 병원에 갔다. 빨리 발견하여 다행이란 말을 들었다. 주사를 맞고 일주일치 약을 처방받았다. 그날 나는 책상 앞에 앉지 않았다. 다음 날도 그다음 날도 구직 사이트를 쳐다보는 일은 하지 않았고, 며칠 전 넣은 이력서를 보고 연락이 온 새로운 업체에게 일정이 너무 촉박하여 힘들겠다며 다음에 다시 연락을 달라고 정중히 말했다.

거절을 한 건 처음이었다. (당연히 다음은 없었다.) 빨리 병원에 간 덕분에 바늘로 찌르는 듯하던 통증은 금세 가라앉았다. 하지만 옆구리에 올라온 두드러기가 완전히 사라질 때까지 며칠 동안 책상 앞에 앉지 않았다. 나를 찾는 연락도 더는 없었다.

몸에 깊게 밴 수동성을 버리기란 쉽지 않았지만, 그래도 끌려가지 않으려 열심히 줄다리기를 했고, 무게중심을 잡으려 애썼다. 일이 몰린 경우에도 하루에 '일하는 나'로 사는 시간을 한정했고, 의도적으로 아무것도 하지 않고 햇볕을 쬐거나 초록을 바라보는 시간을 늘렸다. 일하는 시간을 한정하는 것보다 더 어려운 건, 한정해놓은 시간 안에서조차 할 일이 없다는 불안을 떨쳐내는 것이었다. 불안한 시간이 생길까 걱정하지 않는 것이었다. 불안한 마음이 고개를 들려 할 때마다 처음의 마음을 상기시켰다. 이 집에 담고 싶었던 삶을. 너무 애쓰지 않으며 단정하고 조용한 나를 지켜가고 싶었던 바람을.

그렇게 일은 다시 내게 삶의 활력을 주는 무엇이 되었다. 가장 생기가 넘치고 눈이 반짝거리는 내가 되는 시간은 컴퓨터 앞에 앉을 때란 사실을 부인하기 어렵다. 하다 보니 좋아진 건지, 사실은 이 일을 좋아했는데 그 사실을 너무 늦게 깨달은 건지는 알 수 없다. 우여곡절을 겪고 나서 수동적이고 일방적으로 목매기만 했던 내 태도를 바꾸고 나니, 권태기를 지나 다시 새로운 연애 감정이 생긴 듯하다. 무리하지 않는다. 적당히 거리를 둔다. 이 원칙은 어디에나 적용되는 진리란 생각이 든다.

몇 년 사이 다른 '나'들이 건강해졌다. 생활은 이제 한쪽으로 치우치지 않는다. 불안도 떨쳤다. 미리 불안해할 이유가 없음을 깨달았기 때문이다. 좋아하고 잘하는 일을 오래할 수 있다면 더없이 행복할 것 같다. 그래서 요즘은 '외주'의 한계를 벗어나는 방법을 찾고 있다.

지속 가능한 직업인이 되고 싶다.

일이 주는 생동감이 좋다.

오늘도 나는 컴퓨터 앞에 앉아 눈을 반짝거린다.

힘들이지 않고 집안일하는 법

70이 되어도 80이 되어도 내 공간을 잘 가꾸고, 제철 재료로 내게 좋은 음식을 만드는 게 숨 쉬는 일처럼 쉽고 자연스러운 시간이 되길 바란다. 그런 일들에 다른 불필요한 감정이 섞이거나 소모되지 않길 바란다.

나는 대체로 밤이 되면 녹초가 되어 곯아떨어지는 편이다. 어느 때는 저녁밥을 먹고 누워서 뉴스를 보다가 졸기도 한다. 그런 나를 보며 남편은 '유치원생'이냐고 놀리곤 하다가도 금세 미안해한다. 내가 저녁이면 배터리가 방전된 인형처럼 꺼져 버리는 이유를 남편도 뻔히 알기 때문이다.

재택근무를 하면서 나의 일은 두 배가 되었다. '일하는 나'와 그 외의 많은 내가 늘 공존해야 하기 때문이다. 대한민국에서 가장 힘들다는 워킹맘은 아니지만, 일하는 틈틈이 살림을 꾸리는 나와 반려견 산책을 책임지는 나와 그 외의 나로서의 역할을 해야 한다. 그러다 보니 틈 없이 하루가 빽빽하게 돌아간다.

집안일도 제법 많다. 반려견까지 셋이 24시간 동안 작은 집에서 복닥복닥 생활하다 보니 여느 주부보다 내가 집안일에 들이는 시간이 더 많지 않을까 싶다. 일단 집이 작아 청소는 매일 해야 한다. 집이 넓다면 먼지가 틀어박힐 구석도 생활의 중심에서 꽤 멀찍이 떨어져 있을 테지만, 작은 집에서 구석이란 건 내가 뒹굴고 상을 펴고 밥을 먹는 그 자리에서 고작 몇십 센티미터 떨어져 있을 뿐이라 먼지를 보면서 뒹굴기란 왠지 께름칙하다.

세상에 이렇게 예쁜 눈을 가진 강아지가 또 있을까 싶은 반려견 봄이는 소위 '털뿜개'이다. 바닥에 엎드려 책을 읽고 일어나면 내가 강아지가 된 게 아닐까 싶을 만큼 옷에 털이 묻는다. 청소를 하고 돌아서면 청소기 뒤를 쫄래쫄래 좇아다니던 봄이가 뿌려놓은 털이 다시 보일 정도다. 그러니 하루라도 청소를 소홀히 할 수 없다.

청소보다 더 많은 에너지를 요하는 일은 식사 준비다. 회사 생활을 하며 음식점 입맛에 길들여진 탓에 우리는 맨밥에 같은 밑반찬 먹는 일을 무척이나 낯설어한다. 게다가 입들도 짧은 편이다. 그래서 거의 매일 다른 음식을 해서 먹게 되고, 대체로 음식 준비에서(장보기부터) 식사, 설거지까지 두어 시간쯤 걸린다. 여느 주부들이 대체로 점심에 간편하게 자기 밥만 차려 후다닥 먹고 치우는 것에 비하면 시간도 품도 많이 드는 게 사실이다.

누가 시킨 것도 아니고, 결국엔 내가 맛있는 밥을 먹고 싶고, 마침 알게 된 새로운 요리를 해보고 싶어서 하는 거지만(남편에 대한 내 애정표현이기도 하고), 즐겁든 그렇지 않든 몸이 좀 힘든 건 사실이다. (식사 준비에 쏟는 에너지는 그래서 내게 늘 딜레마다.) 여기에 매일은 아니지만 빨래, 이불 널기, 화분 옮겨 물 주기, 마당 쓸기, 화장실 청소, 어쩌다 생긴 수선이나 수리 같은 일까지 해야 한다.

재택근무를 시작하면서 처음엔 집안일 때문에 종종 다퉜다. 회사를 다닐 땐 일요일에 모든 집안일(청소, 빨래도 장보기 등)을 몰아서 함께 했기에 누구는 하고 누구는 노네, 나만 너무 힘이 드네 따위로 싸울 일이 없었다.

그런데 집안일이 합의된 일정이 아닌 일상으로 자리 잡고 나니 문제가 생겼다. 일단 각자의 기준이 달랐다. 예를 들면, 청소를 해야 하는 상태에 대한 판단이 달랐다. 늘 강아지의 하얀 털이 먼지와 어우러져 뒹굴고 있는 게, 고개만 살짝 돌려도 보이는 그 장면이, 신기하게도 내 눈에만 보였다. 내게만 거슬렸다. 남편은 그러거나 말거나 잘도 누워 있다. 이 상황에서 청소기를 드는 건 당연히 나였다. 대체로 모든 집안일에 대해 그랬다.

몇 번쯤 그러고 나면 내가 억울해하며 불만을 터트렸고, 남편은 남편대로 억울함을 토로했다. "놔두면 내가 한다고 했잖아", "내가 하려고 했는데 당신이 먼저 해버리고는 나한테 뭐라 하면 어떡해"라고 말이다. 하지만 굴러다니는 먼지를, 쌓여 있는 설거지를, 그 외에 눈에 거슬리는 모든 것을 또다시 내가 참지 못해, (그냥 두면 남편이 할지도 모른다는 기대감에 콧방귀를 뀌고는) 속으로 부글부글 억울해하며 해버리고 마는 패턴은 죽 반복되었다.

남편이 나만큼 세심하지 않기 때문이기도 하겠지만, 남편과 내 일의 방식이 달라서이기도 했다. 나는 대체로 거래처들과 이메일로 연락을 주고받는다. 일은 보통 일주일에서 열흘 사이에 해서 전달하면 된다. 그 사이에 따로 연락을 주고받을 일은 없다. 그러니까 적당히 내가 시간을 조절할 수 있는 셈이다(물론 일이 몰리지 않을 경우에).

하지만 남편 휴대폰은 9시부터 옆에 있는 내가 다 짜증이 날 정도로 울어댄다. 잠자리에 들었다가 남편 카톡 소리에 잠을 깰 때도 한두 번이 아니다. 시도 때도 없이 연락을 해대는 남편의 거래처들은 몇 시까지, 오늘 중으로, 내일 오전까지, 이런 식으로 일을 부탁한다(어이없게도 오후 6시 5분 전에 연락을 해서는 오늘 중으로 해 달라고 하는 경우도 종종 있다). 그러니 남편에겐 틈이란 게 별로 없다. 이렇게 여기저기서 볶아대는 걸 견뎌냈으니 일을 마치고는 간만에 찾아온 휴식을 취하느라 바닥에 붙인 등을 웬만해선 떨어뜨리지 않으려 한다.

몇 번쯤, 아니 몇십 번쯤 같은 일로 싸우고 나서는 별거 아닌 청소와 설거지(그래 사실 정말 별거 아니다), 어쩌다 하는 빨래에 내가 너무 생색을 내는 건 아닌가 하는 생각이 들었다. 남편의 처지를 이해하지 못하는 것도 아니면서. 그냥 해도 될 일인데. 따지고 보면 힘도 별로 들지 않는 집안일인데.

집안일. 그렇다. 내가 하는 건 '가사노동'이 아니라 '집안일'이다. 왠지 가사노동이라고 하면 그 단어를 읽을 때 이상하게 힘이 들어가고 무게감이 느껴진다. 손이 갈라지고 밤이면 쑤시는 허리와 무릎을 주무르며 쉬어야 하는 강도의 노동이 떠올라서인지도 모르겠다. 하지만 집안일이라고 하면 왠지 새침한 억양처럼 가볍고 조금은 사적이면서 비밀스러운 느낌마저 든다.

일을 분담해야 공평하다는 생각에서 벗어나고 보면, 남편이 집에서 생활하지 않는다 해도 달라질 건 없다는 걸 알게 된다. 할 일이 줄어들지는 않을 거다. 내 공간이고, 내 생활을 위해 필요한 일들이니 말이다. 바오밥나무 싹을 제때 뽑는 일처럼.

어쩌면 억울하다는 생각이 마음을 혼란스럽게 하여 가뿐한 일을 무겁게 만들었는지도 모른다. 청소에 힘을 쏟는 편도 아니고, 완벽을 기하는 편도 아니다. 그저 청소기를 돌려 바닥 먼지를 빨아들이고, 밀대로 걸레질을 하고, 손걸레로 가구 위를 쓱 닦는 식이니까.

힘도 별로 들지 않는 집안일을 정말 힘들이지 않고 해보기로 했다. 즐겁지는 않더라도 억지로 하는 일은 아니어야 했고, 더군다나 매일의 집안일로 마음이 소란스러워지는 건 그야말로 감정 소모란 생각마저 들었다.

일단 점심을 다 먹으면 그릇을 설거지통에 담가둔 후, 바로 바닥에 있는 물건들을 위로 올린다. 강아지 밥그릇, 강아지 방석, 그리고 우리 쿠션이 전부다. 그런 다음 칫솔에 치약을 묻혀 왼손에 쥐고 양치를 하면서, 오른손엔 청소기를 쥔다. 그리고 양치를 함과 동시에 청소기를 밀고 다닌다. 물론 양치를 3분씩 하지는 않기 때문에 중간에 청소기를 끄고 입안을 헹구어야 하지만, 이미 청소는 절반 정도 되어 있다. 입안을 개운하게 헹구고 마저 청소기를 돌린 다음, 딱 그만큼의 시간을 더 할애해 걸레 밀대를 민다. 그리고 그 반의반의반 정도의 시간을 들여 가구 위 먼지를 닦는다. 밥 먹고 10분 남짓한 시간에 양치와 청소를 가뿐하게 끝내는 것이다. 집이 작고 가구가 별로 없기에 가능한 청소법이다.

내가 밥을 먹자마자 청소를 시작하니, 남편은 마당에서 담배 한 대를 피운 뒤 들어와 조용히 설거지를 시작하거나 밀대를 뺏어간다. 물론 청소하는 나를 보고도 바로 다락으로 올라가 일을 시작할 때도 있지만, 그때는 그럴 수밖에 없는 상황이려니 생각한다. 그러다 그런 날들이 이어져 남편이 아예 조금도 손을 보태지 않은 게 불쑥 또 얄미워지면 걸레로 내 책상만 닦고 남편의 지저분한 책상을 모른 척하는 것으로 소심한 복수를 한다. 남편은 눈치도 못 채고, 개의치도 않으며, 어차피 붙어 있는 책상이라 그 먼지가 내게로 날아들 것 같지만.

밥 먹고 양치를 바로 하듯, 청소를 습관으로 만드니 복잡했던 문제가 너무도 싱겁게 해결된 듯했다. 집안 살림을 꾸리는 일에서 나는 이제 겨우 4단쯤 된 것 같다. 바둑에서 4단은 '비로소 소박하게나마 기교를 부릴 수 있게 된 단계'라 한다. 양치를 하면서 청소를 끝내는 것도 기교라면 기교가 아닐까.

뭐, 어느 것에도 집중하지 못하는 방식이니 좋은 기술이 아닐지도 모르지만, 그런 꾀를 부려서라도 소홀히 하지 않게 된다면 일단 그걸로 됐다. 혼자 한다고 억울해하지 않고, 억지로 하는 것도 아니며, 귀찮아하지 않는 마음이면 충분하다. 익숙해지고 그래서 '가뿐히, 선뜻'이면 족하다.

《쓸모인류》의 주인공 빈센트 씨는 정리 정돈을 "머무는 공간에 대한 일종의 책임감"이라 말한다. 정리 정돈을 잘하기 위해서는 노하우보다는 의무적으로 실천한다는 자세가 필요하다고. 처음에는 어색하지만, 꾸준히 해서 몸에 배면 결국 삶의 기술로 이어진다는 것이다. "세상의 모든 쓸모는 결국 오래된 삶의 습관에서 나온다"는 말이, 내게 반짝이는 가르침이 되었다.

빈센트 씨와는 정반대로 우리 엄마는 "귀찮다"를 입에 달고 사시는 분이다. 청소도 요리도 귀찮아 거의 안 하신다. 그래서 친정에 가면 그야말로 굴러다니는 먼지를 보게 되고, 어쩌다 가는 그 집에서도 나는 청소를 한다. 냉장고는 거의 텅 비어 있다. 돌아보면 엄마는 예전부터 집안일에 별 취미(?)가 없었다. 외향적인 분이고, 그래서 나는 직장인 엄마를 두지 않았음에도 하교 후 빈 집에 들어갈 때가 많았다.

엄마는 다양한 취미 활동을 해왔던 것으로 기억한

다. 등공예, 외국어, 서예, 수영, 등산…… 그리고 지금은 수채화에 빠져 살고 있다. 자기 시간을 가꾸는 건 정말 좋은데 밥 해 먹는 것조차 귀찮아하시니 건강이 썩 좋지는 않다. 더불어 아빠까지. 통화를 할 때면, 밥심이 중요하다는 둥, 제철 재료를 그때그때 잘 먹기만 해도 건강할 수 있다는 둥의 잔소리를 하는 건 나고, 콩나물무침 하나 하는 것도 귀찮고 힘들다고 답하는 건 엄마다. 엄마의 그런 태도도 정신이 번쩍 들게 하는 가르침이다.

나는 빈센트 씨처럼 요리뿐만 아니라 모든 집안일이 오랜 습관이 되어 몸에 익숙해지길 바란다. 70이 되어도 80이 되어도 내 공간을 잘 가꾸고, 제철 재료로 내게 좋은 음식을 만드는 게 숨 쉬는 일처럼 쉽고 자연스러운 시간이 되길 바란다. 그런 일들에 다른 불필요한 감정이 섞이거나 소모되지 않길 바란다.

이제 나는 겨우 4단이 되었지만, 꾸준하게 계속하다 보면 언젠가는 '기술적인 면을 마스터했을 뿐 아니라 언제 어느 때든 마음의 평정을 유지할 수 있는 단계'인 7단의 경지에 이를 수 있지 않을까. 꾸준함의 힘을 믿으며, 아직은 애써 의식적으로 귀찮은 마음을 눌러가며, 오늘도 바오밥나무 싹을 뽑고 장미에 물을 준다. 나와 내 별과 내 별에 사는 이들을 위해.

집 덕분에 생긴 능력들

전문가의 힘을 빌려서 해야만 하는 일을 스스로 할 수 있다는 건 정글에서 살아남기 같은 미션을 문제없이 해낼 수 있으리란 확신 같은 것을 준다. 기본적인 의식주를 돈이 아닌 손으로 해결할 수 있다는 사실은 기분이 좋다.

미용실에 가지 않은 지 4년이 되어 간다. 그전에도 미용실은 1년에 한 번 갔을까 말까다. 나는 유치원 시절 바가지 머리를 제외하면 대체로 늘 앞머리가 있는 긴 단발이었다.

장마철엔 감당하기 힘들 정도의 반고수머리고 숱도 많아 부스스한 편이지만, 태어났을 때부터 그랬으니 그런 머리를 가지고 스무 해 넘게 살다 보면 모든 일이 그렇듯 나름의 대책이 생기기 마련이다. 그러니까 앞머리 있는 단발은, 부스스한 반고수머리를 갖고 있음에도 외모에 대해서는 무관심하고 게으르기까지 한 내게 최선의 스타일인 셈이다.

내가 직접 머리를 손질한 건 꽤 오래전부터다. 시작은 누구나 해보는, 앞머리 자르기였다. 뒷머리는 어차피 늘 질끈 묶고 다녔으니 어느 정도 길어져도 상관없지만, 한 달 정도만 지나면 눈을 찌를 듯 자라버린 앞머리는 성가셨고, 겨우 앞머리 자르자고 미용실에 가기도 귀찮아 적당히 직접 자르기 시작했다. 앞머리를 누르고 눈썹 선에 맞추어 싹 잘라버리는 실수를 두어 번 반복하고 나서는 금세 노하우가 생겼고, 그렇게 앞머리 자르기는 눈썹을 다듬고 화장을 하는 것보다 더 쉬운 일이 되었다.

그다음에 시도한 것은 염색과 스트레이트파마다. 비용이 너무 비싸 약을 사다가 집에서 하기 시작한 건데, 스트레이트파마는 장마철 부스스해지는 걸 막기 위함이니 뒷머리가 쫙 펴지는 마법 같은 게 일어나지 않아도 상관없었다. 염색도 일단 거울을 볼 때 만족스러운 상태면 되니(지금은 내 눈에 흰머리가 띄지 않기만 하면 된다) 의도치 않게 앞과 뒤가 다른 투톤 컬러로 완성되어도 상관없었다. 그러니까 철저히 내 위주인 셈이다.

길어진 뒷머리가 무거워 1년에 한 번쯤 미용실에 갈 때면 미용사는 1천 원에 앞머리만 자를 수 있다며 지나가다 편하게 들르라고 말했다. 그러면서도 혼자 앞머리도 자르고 염색도 하고 스트레이트파마도 하는 나를 신기해하며 손재주를 칭찬해주곤 했다.

그렇게 앞머리를 직접 자르면서 자신감이 생겼고, 머리쯤이야 하는 마음에 급기야 숱가위까지 구비했으며, 과감히 뒷머리도 직접 자르는 경지에 이르렀다. 대강 다듬는 수준이 아니라 내내 칭칭 동여매고 있던 긴 머리를 어깨에 닿지 않는 단발로 자르는 일도 과감하게 하는 것이다.

내가 자른 거라고 말하기 전엔 아무도 눈치 채지 못한다. 아주 자세히 봐야 삐죽삐죽 튀어나온 머리카락이 보이고, 내가 가만히 있어야 언밸런스함을 알아볼 수 있다. 머리를 직접 자르는 일은, 언제든 불쑥 하고 싶을 때 바로 할 수 있고, 돈 한 푼 들지 않으며, 낯선 타인과의 대화에서 벗어날 수 있어서 좋다. (나는 미용실 직원분들의 친절이 한없이 부담스럽고 불편하다.)

으레 전문가의 힘을 빌려서 해야만 하는 일을 스스로 할 수 있다는 건 정글에서 살아남기 같은 미션을 문제없이 해낼 수 있으리란 확신 같은 것을 준다. '나는 자연인이다'를 꿈꾸지는 않지만, 기본적인 의식주를 돈이 아닌 손으로 해결할 수 있다는 사실은 기분이 좋다.

기쁘게도 그런 능력은 하나씩 늘어가고 있다. 싸구려 천으로 옷을 만든다든가, 필요한 가구를 만든다든가 하는 일이 그렇다. 치마나 바지, 그리고 저주받은 엉덩이와 하체를 가리는 긴 웃옷 정도는 오버로크 기능조차 없는 기본형 재봉틀로 뚝딱 만든다. 물론 형편없다. 거의 '직선박기' 수준이다. 그래도 박시한 티셔츠라고 생각하면 봐줄 만하며 조금도 불편하지 않으니 그걸로 됐다.

오히려 내가 원하는 스타일대로 만들 수 있어 좋다. 나는 어깨가 좁고 몸집이 작은 축에 속하지만, 정말 심각한 하체 비만이다. 엄마와 언니 모두 그러하니 이건 그야말로 저주받은 유전자에, 달달한 믹스커피를 너무도 좋아하는 내 취향이 더해져, 게다가 나잇살까지 보태어져 점점 더 그렇게 되어가고 있다.

반면 시중에 파는 박스티를 입으면 어딘지 어정쩡하다. 엉덩이를 가려주는 기장도 별로 없거니와(슬프게도 난 허리도 길다) 내 체형에 맞다 싶으면 싫어하는 꽃무늬이거나 헉 소리 나게 비싸다. 그러니 몇천 원짜리 천 한 마(치마든 웃옷이든 한 마면 된다)로 엉성하지만 내가 만족스러운 스타일을 만드는 게 좋다.

집 덕분에 능력은 계속 늘고 있다. 집을 계속 고치다 보니 어쩔 수 없이 해야 하는 상황에 놓였고, 또 주택에 살려면 으레 할 수 있어야 하는 일이란 생각도 든다. 그동안 단차 나무 바닥을 뜯어내고, 벽지를 바르고, 새로 바닥 타일을 깔았다. 서랍형 싱크대와 옷 서랍장도 만들고, 벽돌을 쌓고 시멘트를 발라 화단도 만들었다.

그 과정에서 생전 처음 전동 드라이버부터 망치, 톱, 타카, 페인트 붓, 미장도구까지 다루어봤다. 이젠 연장 다루는 일에도 자신감이 생겨 전자레인지 받침대 같은 작은 소품(?)을 만드는 일은 남편 힘을 전혀 빌리지 않고 혼자 한다. 한 시간쯤 톱질을 해도 다음 날 팔이 아프지 않은 걸 보면 그런 일들도 제법 익숙해진 듯하다.

누구나 그렇겠지만 나는 '미래'에 대한 두려움이 있다. 노후라고 할 것까지도 없고 당장 몇 년 뒤의 미래가 걱정된다. 건강하지 못할까 두렵기도 하고, 가난해질까 두렵기도 하다. 둘 다 프리랜서이다 보니 수입이 일정하지 않고, 열심히 일은 하지만 돈이 들어오지 않는 달도 많다.

억울하게 돈을 떼먹힌 적도 제법 된다. 나도 남편도

일이 완료되어야 작업료를 받는 방식인데(계약금 같은 걸 주는 곳은 정말 손에 꼽을 정도다), 우리 의지와 상관없이 그러니까 순전히 자기네 사정으로 일을 중단하면서 '미안하다'는 말로 퉁치기도 한다. 일을 진행하기 위해 몇 달 동안 사전 조사를 하고 아이디어를 짜낸 수고는 그들 입장에서는 '돈'으로 계산하기 어려운 모양이다.

남편의 경우는 천재지변으로 혹은 갑작스런 사고로 일이 취소되기도 한다. 그러다 보니 우리는 누구보다 열심히 일하지만 늘 불안하다. 게다가 이 일을 언제까지 할 수 있을지 알 수 없어 또 그렇다.

서울에 집도 있는 마당에, 누가 보면 배부른 소리겠지만, 우리 집값은 길 건너 들어선 아파트의 제일 작은 평수 전세도 얻지 못하는 가격이다. (가끔 뉴스를 통해 강남 집값을 들으면 정말이지 입이 다물어지지 않는다. 차로 30분 거리이건만, 한강 건너 남쪽은 서울이 아니라 딴 나라 같다.)

불편한 계단으로 다락을 오르내리는 일이 힘들어지면, 우리는 이곳을 떠나야 할 것이다. 넓은 마당이 있는 집에 살고 싶은 마음이 풍선처럼 부풀어 오르면 그때는 정말 이곳을 떠나야 할 것이다. 외주로 하고 있는 일들이 현저히 줄어들면 굳이 서울을 고집할 이유가 없으니, 그건 또 안심이 되면서도 그때가 되면 뭘 하며 먹고살아야 하나 싶어 좀 아득해진다. 그러다가도 또 어떻게든 잘살아가겠지 싶어 고민을 그만둔다.

둘 다 회사를 다니며 '안정감'이란 걸 느낀 건 사실 몇 해 되지 않는다. 그리고 그 몇 해 동안에도 금전적으로는 안정적이지 않았다. 빚이 있었기에 회사를 다녔고, 빚 청산과 동시에 안정감을 차버렸으니 말이다. 그러니 우리는 불안해하면서도 더 깊이 들여다보면 '어쨌든 먹고 살 수 있겠지'라는 근거 없는 자신감 같은 걸 갖고 있다.

많은 우여곡절이 있었지만, 결국 우리는 잘 살아왔고 잘살고 있다. 무일푼으로 시작해 10년도 안 되어 손바닥만 하나마 서울에 집을 장만한 저력이 있다. 허리띠를 졸라매는 일에도, 돈 안 쓰고 해결하는 일에도, 그러면서도 비참해하지 않고 즐겁게 살아가는 일에도 제법 근육이 붙었다.

무더운 여름, 동네 초등학교 등나무 벤치 아래에 앉아 아이스바를 먹는 것 외에는 더위를 식히기 위해 할 수 있는 게 아무것도 없던 그때도 아이스바가 맛있다며 웃을 줄 알았던 우리다. 드디어 떠난 여름휴가에서 1만 원짜리 게스트하우스에서 따로따로 자면서도 배낭여행 다니던 때 생각이 나서 좋다며 웃던 우리다. 몇십만 원짜리 C컬 볼륨파마를 했다는 후배를 보면서 6천 원짜리 약을 사서 집에서 한 거랑 별 차이가 없네 하고 속으로 생각하는 나다. 몇천만 원 들여 인테리어를 했다고 자랑하는 누군가의 블로그를 보며 몇천만 원이 없어도 그런 걸 할 수 있다는 사실에 슬며시 웃는 나다.

이 집에 살면서 돈이 아닌 손으로 해결할 수 있는 일들은 더 늘어날 거라 기대한다. 돈이 없더라도 누릴 수 있는 행복이 매우 풍성하다는 것을 더 많이 깨달아갈 것이다. 남에게 보여주기 위해 치장하고 집 밖으로 나가기보다, 집 안에서 고요하게 내 마음의 평안을 돌보는 일에 중심을 두게 될 것이다. 그렇게 어떤 상황에도 상관없이 나만의 일상을 누리는 경지에 이를 나를 기대한다.

1밀리미터의 오차로 인해 여닫을 때 힘을 줘야 하는 다소 투박한 옷 서랍을 열면서 오늘도 나는 묘한 흐뭇함에 사로잡힌다.

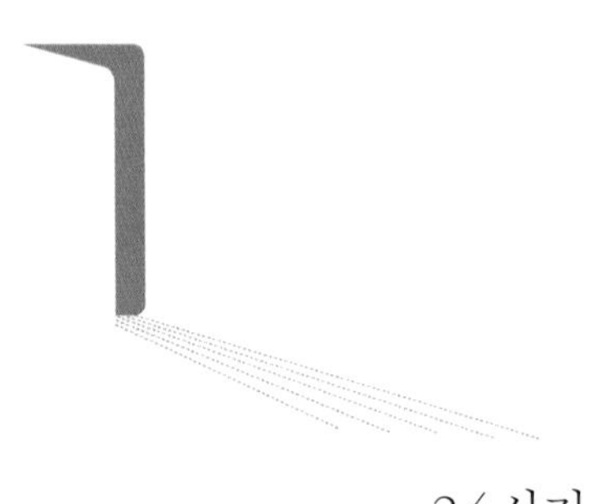

24시간 부부

우리는 한 공간에 있어도 때론 투명 인간처럼 자기 시간 안에서 생활하며, 서로의 시간과 습관과 생활 패턴을 존중하고, 적당한 관심과 무관심의 균형을 잡으며 무심한 듯 다정한 듯 친구처럼 지낸다.

우리의 생활을 아는 사람들은 몹시 신기해한다. 부부가 24시간 붙어 있는 걸 말이다. 답답해서 어찌 사냐며 안쓰럽게 바라보는 시선도 있고, 의가 정말 좋은가 보다라며 부러워하는 이도 있다. 집을 다시 고친 뒤 놀러온 친구들은 나란히 붙어 있는 책상과 어느 구석에서(구석이란 것도 없지만) 무슨 말을 하든 다 들리는 작고 뻥 뚫린 집을 보고서는 혀를 내두르기도 했다.

남들이 생각하는 것처럼 부부가 같은 공간, 그것도 화장실 말고는 문이라곤 없어 서로의 말소리는 물론 감정이 담긴 숨소리까지 너무 쉽게 알아챌 수 있는 작은 공간에서, 24시간 365일을 보내는 건 안쓰러운 시선을 받을 만큼 때론 불편하고, 혀를 내두를 정도로 대단한 일이긴 하다. 물론 그 덕분에 부러움을 살 만큼은 의가 좋아졌다는 생각도 든다.

우리는 신혼 때 정말 많이 싸웠다. 모든 부부에게 정해진 '싸움의 총량'이라는 게 있다면 우린 아마 그 시절에 80퍼센트 이상을 소모하지 않았을까 싶다. 그러고도 헤어지지 않고 잘살고 있는 게 신기하기도 하지만, 또 그렇게 싸웠기에 지금 잘살고 있는지도 모른다.

싸우지 않고도 그럴 수 있다면 더 좋겠지만, 우린 싸우면서 서로를 깊이 이해할 수 있게 되었다. 어떤 말에 예민하고, 어떤 부분에 콤플렉스가 있는지, 도저히 참지 못하는 건 무엇인지, 상대가 나의 어떤 말투나 표정을 받아들이기 힘들어하는지, 상대가 화를 가라앉히지 못할 때는 어떻게 대해야 하는지 등을 싸움을 통해 배웠다.

싸움의 시작점은 그때그때 달랐지만, 싸움의 원인과 싸움이 진행되는 방식은 대개 비슷했고, 결국 우리는 그 패턴을 분석하고 자신의 감정에 대해 충분히 털어놓으면서 최소한 싸움이 커지지 않게, 아니 대화가 싸움으로 번지지 않게 조심할 수 있었다. 얘기하다 싸움이 될 것 같으면 바로 멈출 수도 있게 되었다. 그래서 이 집에 온 즈음부터는 거의 싸우지 않는다. 모든 감정을 실어 부서질 듯 쾅 닫아버릴 문도, 싸운 뒤 전열을 정비하며 씩씩거릴 방도 없는 마당이니 참 다행스러운 일이다. (그래도 일 년에 한 번 정도는 싸우는 것 같다.)

그런데 붙어 있다 보면 어떤 문제를 놓고 싸우기보다는 다른 일로 상한 자신의 감정을 잘 처리하지 못해 상대를 불편하게 할 때가 많다. 대체로 회사에서 받은 모든 상황별 스트레스를 집에까지 끌고 오진 않을 것이다. 우리는 책상을 나란히 두고 앉아 일을 하다 보니 거래처에서 받는 스트레스와 잘 풀리지 않는 일, 다른 사람과의 관계에서 생긴 화와 짜증을 숨길래야 숨길 재간이 없다. 옆에 있는 서로에게 고스란히 전해지는 건 물론, 자신의 감정으로 인해 아무것도 아닌 일이 거슬리기도 한다. 그러니 각자의 감정을 잘 다스리거나 이러한 상황에 동요되지 않을 만큼 무뎌지지 않으면 24시간 함께 있는 상황은 지옥이 될 수 있다.

이런 상황들로 몇 차례 집안을 온통 불편한 기운으로 물들이고 나서, 두 가지 방법을 터득했다. 하나는 '짜증 삼키고 셋 세기'다. 사실 짜증나는 일은 별일 아닌 게 더 많고, 화나는 감정은 오래 품고 있어 봐야 나만 손해다. 그러니 짜증이 입 밖으로 막 튀어 나와 더 큰 화를 자초하기 전에 입을 틀어막고 속으로 셋을 세는 방법은 나 자신을 위한 일이기도 하다. 셋만 세어도 대체로 짜증은 가라앉는다. 그렇다고 속에 쌓이는 화가 되는 것도 아니다. 그냥 침을 꿀꺽 삼키듯 삼켜지는 무엇이다.

'적당히 투명 인간 되기' 역시 꽤 유용하다. 나와 달리 여기저기서 들볶이는 남편은 통화 후 핸드폰을 책상에 집어 던지듯 내려놓는 일이 많다. 핸드폰의 무게에 남편의 감정까지 실려 '쾅' 소리는 옆에 있는 내게도 좋지 않은 영향을 미친다. 처음엔 그 상황이 너무 거슬렸다. 남편에게 몇 번 주의를 주기도 했으나, 부지불식간의 행동이다 보니 남편도 어쩌지 못한다.

결국 나는 폭탄이 떨어져도 내 할 일만 하겠다는 의지로 마치 투명 인간이 된 듯 모니터에 박힌 시선을 좀처럼 떼지 않는다. 남편이 마당에 나가 담배를 피우며 분을 좀 삭이고 돌아와도 여전히 난 투명 인간처럼 군다. 이럴 땐 무관심한 직장 동료쯤이 되는 것이다. 그러다 남편이 털어놓아야 속이 시원하겠다는 듯 통화 내용을 얘기

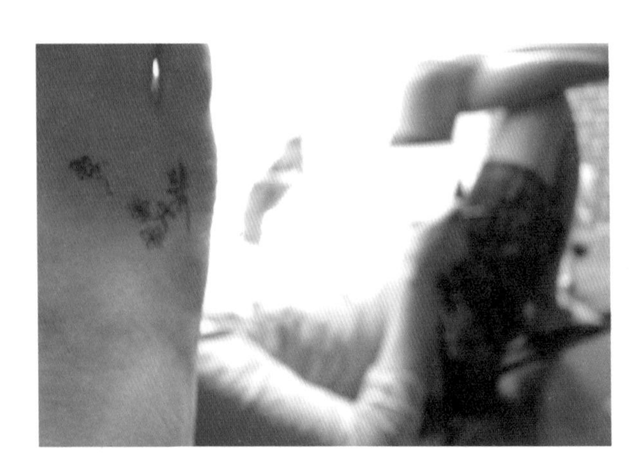

하면 귀담아 듣고, 듣기 좋으라고 얼굴도 본 적 없는 남편의 갑들에게 내가 할 수 있는 최대한의 욕을 해준다.

화초를 키우는 건 내게 꽤 어려운 일이었다. 매번 키우기 쉬운 것을 추천받아 집으로 들이지만 대체로 과습으로 죽었다. 달력에 날짜를 표시해가며 처음 화원 사장님이 알려준 날짜, 열흘 또는 보름 간격을 지켜 물을 주었는데, 그런 관심은 오히려 과습의 원인이 되었다.

일반적인 기준인 열흘이 우리 집 조건과 맞지 않았던 모양이다. 그런 뒤엔 물 주는 걸 두려워하다가 말라 죽이기도 했다. 그렇게 몇 번 시행착오를 겪은 뒤 새로 들인 극락조화와 아레카야자, 산세베리아는 나의 적당한 무관심과 관심 사이에서 초록을 유지하고 있다.

24시간 함께 있는 부부에게 필요한 것도 딱 그만큼의 관심과 무관심이란 생각이 든다. 아무리 목소리를 죽여 통화를 하더라도 방도 문도 없으니 듣지 않으려 해도 들리고 대강의 내용도 유추가 된다. 밥 먹으면서, 산책을 하면서, 일을 하다 쉬면서 서로 많은 이야기를 나누기 때문에 데이터베이스가 많아 유추가 저절로 되는 편이다. 하지만 되도록 묻지 않는다. 비밀이 불가능한 집에 살고 있지만, 본인이 비밀로 하고 싶어 하는 건 서로 알면서도 모른 척해 준다.

우리는 외박도 자유롭다. 아니 남편은 외박이 자유롭다. 집순이 기질이 너무너무 강한 나와 달리 남편은 돌아다니고 사람들과 어울리며 에너지를 얻는 성향인데, 전엔 이 다름도 싸움거리였지만, 이젠 괜찮은 일이 되었다. 내가 여행을 가지 않는다고 해서 남편도 못 가게 하는 건 이기적인 심보니까. 남편이 친구들과 여행을 가면, 나는 또 간만에 오롯이 혼자 있는 시간을 갖게 되는 것으로 좋다. 남편의 외박도 긴 여행도 그래서 때론 반갑다.

한 공간에 있어도 때론 투명 인간처럼 자기 시간 안에서 생활하며, 그렇게 서로의 시간과 습관과 생활 패턴을 존중하고, 적당한 관심과 무관심의 균형을 잡으며 무심한 듯 다정한 듯 친구처럼 지내고 있다. 우리에겐 여느 부부들보다 끈끈한 동지애가 있다. 사실 난 부부에게 가장 중요한 건 동지애라 생각한다. 우린 정말 힘든 시간들을 함께 이겨냈고, 생활을 키워왔다. 우리 사이에는 우리를 이어주는 자식은 없지만, 서로에 대한 믿음과 의리가 있다. 그 힘으로 우리는 중년을 지나 노년을 함께 살아갈 것이다.

'우리의 행복은 서로에게 달려 있다. 나는 나를 보살펴야 하고, 그대는 그대를 보살펴야 한다. 이런 식으로 우리는 서로를 돕는 것이다.' 얼마 전 읽은《틱낫한의 평

화로움》에서 내가 잊지 않으려고 공책에 꾹꾹 눌러 쓴 문장이다. 그렇게 부부는 서로를 돕는 것이다.

봄 집사,
안나푸르나

하루 세 번의 산책은, 나와 함께 살고 있고 나에게 무한한 웃음을 주는 존재를 위한, 그 존재의 건강하고 행복한 삶을 위한 아주 작은 시간이다. 안나푸르나에 봄이 오는 시간이다.

나는 하루 세 번 산책을 한다. 하지만 느긋한 걸음과 평안한 호흡 같은 건 없다. 내 걸음은 대체로 일정하지 않고, 고개 들어 하늘 한 번 쳐다볼 겨를도 없다. 뛰거나 한 자리에 한참 서 있는 식이고, 그 와중에 눈은 주변을 살피기 바쁘다. 차가 오는지, 아이가 어디선가 뛰어오지는 않는지, 맞은편에 개나 고양이가 있지는 않은지 살펴야 한다. 산책이 아니라 경호에 가깝다.

세 번의 산책은, 내 산책이 아니라 반려견 봄이의 산책이다. 봄이는 아침, 점심, 저녁 반드시 세 번 산책을 하셔야 하고, 똥은 꼭 밖에서(산책할 때) 누셔야 한다. 장대비가 쏟아지든, 함박눈이 내리든 절대 예외를 두지 않는 철두철미한 성격이시다.

도대체 시간은 어떻게 그리 잘 아는지 대체로 정확한 시간에 '나갈 시간이야'라고 말하듯 현관문을 박박 긁어댄다. 내가 뭘 하고 있든 그런 건 안중에 없다. 비가 심하게 내리거나 너무 추운 겨울에는 정말 나가기 싫어 아픈 척을 해보기도 하는데, 소용이 없다. 그런 나를 본체만체하고는 더욱 격렬하게 현관문을 긁어댈 뿐이다.

대체로 한 번의 산책 시간은 20분 남짓이다. 날이 좋고 주변이 한적하여 맘껏 산책하고 싶은 마음이 들 때는 동네 뒷산 산책로로 향하기도 하지만, 그런 날을 제외하곤 시간이 별로 걸리는 건 아니다. 그렇다고는 해도 20분을 거의 잰걸음으로 뛰다시피 다니기 때문에 산책을

마치고 돌아오면 숨이 좀 가쁘긴 하다.

어릴 때부터 봄이는 슬개골 탈구 문제가 있었다. 아마 선천적으로 약하게 태어난 것 같다. 근육을 키워주기 위해 네 발로 빨리 걷기나 수영을 해야 한다는 권고를 받았는데 집에 욕조가 없고, 수영을 시킬 만한 방도가 없어 일단 빨리 걷기를 습관화했다. 그러다 보니 느릿느릿 걸었다면 오랜 시간이 걸렸을 거리도 10분 만에 주파한다. 덕분에 나도 달리거나 경보 수준으로 걷다가 봄이가 갑자기 멈춰 서서 다른 개가 남기고 간 냄새를 맡는 데 열중하면 경계 태세로 전환하여 주변을 살피는 식이다.

봄이를 만난 건 〈행복한 유기견 세상〉이라는 다음 카페를 통해서였다. 나는 꽤 많은 시간을 반려견들과 보냈다. 일곱 살 때까지 마당 있는 주택에 살았는데, 그때는 마당에 바둑이와 백구가 있었다. 사실 이들과는 별 추억이 없다. 바둑이와 백구는 너무 금방 쑥쑥 컸고, 그래서 나는 좀 무서워했던 것 같다.

아파트로 이사 온 후, 당연히 강아지와는 함께 살 수 없는 줄 알았다. 그러다 초등학교 5학년 때 부모님이 '브리더'를 하시는 친구 집에 놀러갔다가 태어난 지 한 달 되었다는 하얀 푸들을 만나게 됐다. 그리고 일주일 내내 엄마 아빠를 졸라 결국 집에 데려왔다. 정말 애지중지 키웠던 것 같다. 물리기도 엄청 물렸다. 그래도 예뻤다.

그 강아지는(이름이 릴리였다) 내가 중학생이 되고

고등학생이 되고 대학을 졸업하고 취업 후 이직을 하는 모습까지 지켜봐 주었다. 가슴에 혹이 생겨 수술도 몇 차례 했는데 다시 재발하여 결국 안락사를 시켰다. 당시만 해도 반려견에 대한 상식이 너무 없어 중성화 수술을 시켜야 한다는 걸 몰랐던 것이다. 병원에서도 그런 수술을 권한 적이 없었다.

그렇게 떠나보낸 후, 딱 1년 뒤 엄마가 적적함을 이기지 못하고 한 달 된 수컷 강아지를 들이셨다. 그 강아지는 내가 결혼을 하고 이 집을 고치고 우리 봄이를 새 식구로 맞이하는 걸 모두 보았고, 지난해 열일곱 살의 나이로 무지개다리를 건넜다. 그러니까 나는 초등학교 1학년에서 5학년 사이, 그리고 반려견 릴리를 떠나보낸 후 1년을 빼면 거의 반려견과 함께였다.

이 집으로 들어와 얼마 되지 않았을 때였다. 나는 더 이상 이사를 다니지 않아도 되고, 게다가 이웃 눈치 볼 일 없는 단독주택이며, 반려인으로서는 최고의 조건이라 할 수 있는 집에 늘 있는 사람이 되었으니 강아지 식구를 맞아야겠다는 생각을 했다. 강아지 공장이나 펫숍에 엄청난 반감이 있었기에 유기견 보호소를 찾아보았고, 그러다 〈행복한 유기견 세상〉을 알게 됐다. 나는 '안나푸르나'라는 닉네임으로 카페에 가입한 후, 종종 카페에 들어가 '사랑터 입양 공고'란에 있는 아이들을 보았다.

막상 유기견을 입양해야겠다고 생각은 했지만, 마음이 아주 너그럽게 열리지는 않았다. 수컷은 다리를 들고 싸는 특성이 있는데 우리 집은 건식 화장실이니 자칫 배변 교육이 잘되지 않으면 청소가 너무 힘들 것 같아 패스, 나이가 좀 있는 아이는 왠지 맞춰가기가 쉽지 않을 것 같아서 또 패스, 집이 작으니 너무 큰 아이도 패스……. 이렇게 머릿속으로 핑계를 대는 내가 우스우면서도, 오래 함께할 가족을 맞는 일이니 신중한 건 당연한 거라 생각했다.

그렇게 카페를 들락날락거리던 어느 날, 새치름한 표정을 한 파트라슈 닮은 아이를 보고는 넋을 놓고 말았다. 7~8개월 정도로 추정되는 혼종의 여자아이였다. 당시 4킬로그램이 좀 안 되었는데, 혼종이니 얼마나 클지는 알 수 없었고, 혼종이라 어떤 특성을 지녔는지도 미지수였다. 하지만 그 아이는 어떻든 상관없을 것 같았다. 이상형의 조건이 정작 자기 짝을 만나면 무용지물이 되듯, 이 아이가 집 안 곳곳에 소변을 지려도, 좁은 거실을 다 차지하고 있을 만큼 커져도 괜찮을 것 같았다.

강아지와 살아본 적이 없어 강아지 가족을 맞이하자는 내 말에 계속 시큰둥한 반응을 보였던 남편을 설득해야 하는, 가장 중요한 일이 남았다. 나는 무심하게 '입양 공고'란을 열어 보여주었다. 남편도 내 요구를 모른 척할 수 없어 하나하나 클릭하며 보더니 역시나, 내 맘을 사로잡은 그 녀석 앞에서 시선을 멈추었다. "얘, 너무 귀엽다"라는 말까지! 이건 운명이다!

당장에 입양 신청서를 작성했다. 다음 날 전화가 왔다. 털이 아주 많이 빠지고, 몸집에 비해 목청이 무지하게 크며, 식탐이 많은 아이라는 얘기를 해주었다.

"상관없어요. 주택이라 맘껏 짖어도 되고요, 가족 중에 털 알레르기 있는 사람은 없거든요."

그런 건 아무 문제가 되지 않는다는 듯 대답했고, 마침 토요일이던 다음 날 입양이 가능하다는 말을 듣고는 오후 1시까지 가겠다고 했다.

보호소가 있는 곳은 인천이었다. 둘 다 꽤 설레는 마음으로 일찍 출발하여 주변을 맴돌며 1시가 되기를 기다렸다가 드디어 녀석을 만났다. 그렇게 봄은 아름다운 봄날, 우리 집에 봄처럼 왔다. 사진과 달리 실물이 너무 못생겨서 실망한 것도 잠시, 몇 차례 대소변을 거실 바닥에 눠서 당황한 것도 잠시, 우리는 그날 이후 봄이 때문에, 봄이 덕분에 아주 많이 웃고 있다.

봄이는 한 살이 되어 갈 무렵 우리 가족이 되어 5년 넘게 함께 살고 있다. 하지만 여전히 겁이 많다. 천성적으로 겁이 많은 건지, 우리 식구가 되기 전 잊히지 않을 만큼 너무도 무서운 일을 겪었던 건지는 알 수 없지만, 예민하고 겁 많고 다리도 약한 봄이가 우리를 만나 다행인지도 모른다는 생각을 한다. 그리고 그보다 열 배 더한 마음으로 내가 봄이를 만나 다행이란 생각을 한다.

자고 있는 모습을 보는 것으로, 몸짓을 이해하는 것으로, 내 목소리에 쫑긋 서는 귀를 보는 것으로, 내 마음이 매번 환해지기 때문이다. 복잡한 마음이 쉬이 누그러지지 않을 때 내가 마음을 다스리는 방법 중 하나는 그래서 봄이를 바라보는 것이다. 입꼬리를 살짝 들고 자는 모습을 멍하니 바라보다 보면 어느새 내 입꼬리도 따라 올라가고 시끄럽던 마음은 고요해진다.

존재 자체만으로 오롯이 감사하고 행복한 감정은, 봄이 덕분에 알게 되었다. 가끔 모든 관계가 왜 봄이를 대하듯 그리 되지 못하는 걸까 하는 생각을 한다. 봄에게는 한없이 너그러운 마음이, 왜 다른 이에게는 해당되지 않는 걸까?

나는 봄에게 바라는 게 아무것도 없다. 장마철 실외배변을 해야 한다며 현관문을 긁어대는 모습에도 "그래, 넌 그런 아이지" 하며 함께 비를 흠뻑 맞고 동네를 누빈다. 길에서 마주친 개에게 달려들까 안아들었는데 흥분을 누르지 못하고 결국 나를 물어버릴 때도 "그래, 네가 겁이 많아 그렇지" 하며 이해한다.

봄이 때문에 외출 시간도 제약을 받고 여행은 아예 포기했지만, 눈곱만큼도 불편해하지 않는다. 모든 집사 노릇은 내가 다 하는데도 봄이가 나보다 남편을 더 좋아하는 것 역시 상관없다.

그저 건강하게 행복하게 내 옆에 있기를 바랄 뿐이다. 그 존재로 감사할 뿐이다. 그래서 나는 하루에 한 번씩 봄에게 속삭인다. 내게 와줘서 고맙다고. 너도 행복하냐고.

하루 세 번의 산책은, 나와 함께 살고 있고 나에게 무한한 웃음을 주는 존재를 위한, 그 존재의 건강하고 행복한 삶을 위한 아주 작은 시간이다.

안나푸르나에 봄이 오는 시간이다.

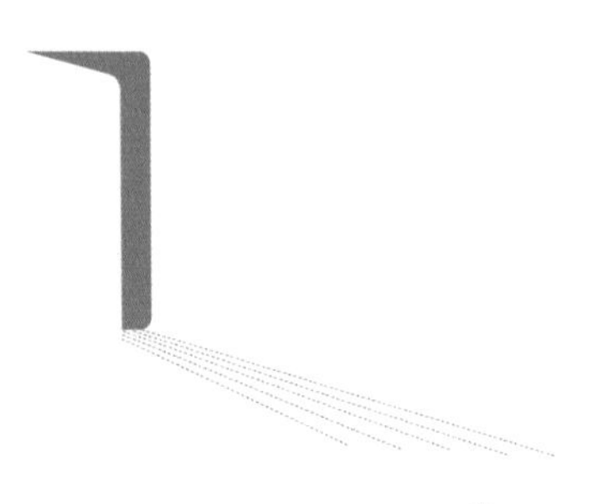

다
요가
덕분이다

나도 드디어 그 창을 열 수 있게 되었다. 요가를 배우면서 생긴 변화다. 자기 집 창문도 마음대로 열지 못하던 찝찝함은 요가 덕분에 말끔히 해소되었다. 비로소 진짜 집의 주인이 된 듯한 우스운 기분마저 들었다.

집에는 내가 열지 못했던 창이 하나 있다. 계단 맞은편에 난 지붕창이다. 계단 끝 칸에 서서 몸을 엎드리다시피 하여 왼팔로 벽을 짚고 오른팔을 쭉 뻗어야 열 수 있는데, 그 사이 간격이 1미터가 넘다 보니 계단 끝에 서서 지붕을 향해 몸을 날릴 엄두가 좀처럼 나지 않았다. (몸을 날린다는 건 물론 엄청난 과장이지만, 계단 끝에 서서 창을 보고 있으면 정말 그런 기분이 들었다.) 자칫 발을 헛디디기라도 하면, 왼팔에 힘이 빠지기라도 하면, 그대로 계단 아래로 떨어질 것만 같았다.

열기도 어려운 위치에 창을 낸 건, 바람이 아닌 햇빛을 들이기 위해서였다. 그래도 꼭 그 창을 열어야만 하는 일은 생겼다. 그쪽 방향으로 난 창은 그거뿐이다 보니 그 창을 열어야만 제대로 환기가 될 때가 있다. 그 창을 여는 일이 160센티미터가 채 안 되는 내게는 모험이지만, 180이 넘는 남편에게는 별일 아니다 보니, 여름엔 자주 그 창을 열어놓는다. 그래서 남편이 열어놓고 외출을 한 사이 비가 쏟아지기라도 하면, 나는 종종대면서도 들이치는 비를 닦아내며 남편을 기다리는 수밖에 없었다.

그랬는데, 몇 년 전부터 나도 드디어 그 창을 열 수 있게 되었다. 요가를 배우면서 생긴 변화다. 늘 몸을 쭉쭉 펴다 보니 어느 날 키가 조금은 자란 듯 엉뚱한 기분에 휩싸였고, 불쑥 용기마저 솟아 창을 향해 과감히 몸을 기울였는데 신기하게도 팔이 닿았다. 그 뒤로 창을 여닫는 일

은, 내가 하고 있다. 자기 집 창문도 마음대로 열지 못하던 찝찝함은 요가 덕분에 그렇게 말끔히 해소되었다. 비로소 진짜 집의 주인이 된 듯한 우스운 기분마저 들었다.

요가를 배운 지는 2년 정도 되었다. 살이 찌는 속도가 무서우리만치 빨라 게으른 몸과 박약한 의지를 어떻게든 이끌고 운동이란 걸 해야겠다고 생각할 무렵, 종종 책을 빌리러 가던 동네 자치회관에 아침 요가 수업이 있다는 걸 알게 됐다. 마침 〈효리네 민박〉을 보며 요가에 관심이 가던 참이었다.

헬스는 매번 3개월을 채우지 못하고 흐지부지 그만둔 이력이 쌓여 있던 터라 헬스의 '헬'자만 들어도 벌써부터 돈이 아까웠다. 요가에 관심은 갔으나 이름도 어려운 다양한 요가를 선택해 배울 수 있다고 홍보하는 학원들은 왠지 부담스러웠다. 늘씬하게 레깅스를 빼입은 언니들 사이에서 주눅이 들기도 싫었다.

그랬던 차에 동네 자치회관에, 그것도 아침 7시 30분에 요가 수업이 있다는 걸 발견하고 얼마나 기뻤는지 모른다. 늦잠만 자지 않는다면 절대 빠질 일이 없는 시간대이고, 혹 늦게 일어나더라도 7시 30분 전에 일단 눈을 떴다면 눈곱만 떼고 (물론 양치는 못 하고) 집에서 입는 편안한 티셔츠와 '츄리닝' 바지를 입고 집을 나서면 되었다. 일단 게으른 몸을 이끌고 시작하기에는 괜찮았다. 게다가 집에서 걸어서 3분 거리이니, 비가 오건 눈이 오건 문제되지 않았다. 박약한 의지가 핑계를 댈 구실은 없었다.

그곳에서 나는 꽤 젊은 축에 속한다. 엄마뻘 되는 어르신들도 많다. 다른 곳에서 요가를 배워보지 않아 비교할 순 없지만, 그래서인지 초반 15분쯤은 반복적인 스트레칭이 주를 이룬다. 그러고 나서 어려운 동작이 조금씩 섞이는 식이다.

하지만 어르신들이 많다고 해서 수월한 동작만 가르쳐주는 건 아니다. 또 내가 어르신들보다 모든 동작을 쉽게 해내는 것도 아니다. 처음엔 어르신들도 척척 하시는 동작을 나는 힘들어 포기할 때가 많았다. 선생님이 열까지 천천히 카운트를 하시는데 대체로 넷을 넘겨 다섯이 되면 무너지는 식이었다. 그러면서 내가 얼마나 근육이 없는지 알게 되었다.

요가는, 오로지 내 힘으로 내 몸만으로 하는 운동이란 것이 마음에 든다. 팔로 무거운 기구를 들어 올리는 것보다 팔로 내 몸을 받치고 있는 것이 더 힘들고, 다리로 무거운 기구를 밀어내는 것보다 내 몸을 버티고 서는 것이 더 힘든 건 아이러니하지만 말이다.

그런데 정말이지 두 팔로 내 몸을 받치는 동작도, 두 다리로 내 몸을 지탱하는 동작도, 죽을 것처럼 힘들다. 아마 이건 나만의 문제가 아닌 듯, 이때마다 선생님이 하는 말이 있다.

"자기 몸은 자기 힘으로 받칠 수 있어야죠."

그 말에 정신이 번쩍 난다. 왜 나는 내 마음도, 내 몸도, 내 의지대로 하지 못하는 걸까. 이럴 땐 나이를 헛먹은 기분마저 든다.

2년이 지난 지금, 꾸준함은 꽤 성과를 내고 있다. 창을 열게 된 것 외에도 변화는 많다. 일단 큰 변화는 몸에서 느낀다. 겨울철엔 집에서도 동상이 걸릴 정도로 손발이 차던 나였는데, 지난겨울 나는 종종 양말을 벗고 지낼 수 있었다. 종일 컴퓨터 앞에 앉아 일하는 날이면 한쪽 어깨와 한쪽 다리가 저려 저녁나절 텔레비전을 보면서 내내 한쪽 골반과 허벅지를 두드려댔는데, 이제는 아무렇지도 않다.

무엇보다 사춘기 이후 죽 구부정했던 등이 펴진 건 그야말로 놀라운 변화다. 요가를 시작했을 때 바랐던 다이어트는 효과가 하나도 없지만, 이제 살은 포기했으므로 개의치 않는다. 몸무게는 오히려 늘었는데, 그냥 근육이 늘었기 때문이라고 속 편하게 생각하기로 했다. 두 팔로 혹은 다리로 몸 전체를 받치는 동작은 여전히 힘들지만, 예전엔 다섯에서 포기했다면, 지금은 어쨌든 끝까지 버텨낸다. 이를 악무는 일도 점점 사라지고 있다.

순간의 힘을 쏟아 해내는 것이 아니라 내내 힘을 고르게 유지해야 하는 동작들을 하다 보면 요가는 정말 삶과 닮아 있다는 생각이 든다. 살아가는 일도 그렇지 않은가. 큰 숨을 뱉어내며 비축한 힘을 쏟아 한 번에 무언가를 해내기보다 같은 동작으로 이어지고 있는 상황을 잘 버텨내야 하니까 말이다.

매달 첫 번째 수업시간엔 태양 경배 자세를 한다. 내 머리 위에 태양이 떠 있다고 상상하고, 하늘을 향해 가슴을 한껏 끌어올려 밝은 태양빛을 받는다. 처음엔 골반을 내밀고 가슴을 젖히는 동작만으로도 팔이 부들부들 떨리고 중심이 흐트러져, 그것에만 신경을 쓰느라 내 머리 위에 있다는 태양을 느끼지 못했다. 어느새 지금은 눈을 감고 숨을 크게 들이마시며 태양을 느끼고 있다.

어느 때엔 나무가 되고, 어느 때엔 물고기가 되고, 또 어느 때엔 고양이가 된다. 내 마음으로 누군가의 마음이 되어 보기 위해 애썼던 것처럼, 몸으로 다른 무엇이 되어 보는 일은 새롭다. 조금씩 불가능했던 동작이 가능해지고, 그 정도가 조금씩 발전한다. 바람에 쉽게 흔들려 쓰러지던 나무는, 제법 굳게 뿌리를 내딛고 서 있을 수 있게 되었고, 날개를 활짝 펼치지 못하던 박쥐는, 이젠 근사하게 날고 있다.

"즐거운 고통", 요가 선생님의 말이다. 그 말을 이제 조금씩 이해한다. 전에는 몸을 늘리는 동작을 할 때 고통이 느껴지기 직전에 멈췄지만, 이젠 고통이 느껴질 때까지 동작을 이어간다. 고통이 느껴져야 제대로 하고 있다는 느낌이 들기 때문이다. 요가를 통해 고통을 바로 보고, 고통을 즐길 수 있게 된 듯하다. 천천히 호흡을 뱉으면 고통은 옅어지다 사라지기 마련이다.

아마도 나는 요가를 계속하게 될 것 같다. 이젠 아무리 열심히 오래해도 여배우들이 광고하는 레깅스를 당당히 입게 될 날이 오리란 기대는 하지 않는다. 그저 몸과 마음이 어제보다 조금만 더 나아지면 그걸로 충분하다. 고통을 즐길 줄 알게 된 것만으로도, 고통은 사라지기 마련이란 걸 느끼게 된 것만으로도 감사하다.

내일은 오늘보다 조금 더 고요한 나무가, 조금 더 활짝 날갯짓하는 박쥐가 될 수 있을 것이다.

Part 4.

집에서 세상 밖을 여행합니다

때때로

그 창은,

네팔의 바람과

티베트의 냄새,

미얀마의 소리를

전해주는 창이

되기도 한다.

새벽 세 시의 달

달의 여행을 잠시나마 함께해 준 것 같아, 달이 제 길을 잃지 않고 가는 모습을 지켜봐 준 것 같아 뿌듯한 기분이 든다. 새벽 세 시, 달의 여행을 마주하게 해주는 창을 가진 것만으로도 나는 특별한 사람인 것만 같다.

겨울이면 종종 새벽에 잠에서 깬다. 시계를 보면 대체로 세 시 즈음이다. 알람이 울기까지는 네 시간이나 남아 있다. 소변이 마려워 잠에서 깼는지 어땠는지는 모르지만, 일단 잠이 깨면 화장실에 다녀와야 하나 그런 생각을 먼저 하게 된다.

하지만 화장실은 1층에 있고, 삐걱거리는 침대에서 몸을 일으켜 불편한 계단을 내려갈 생각을 하면 귀찮아진다. 게다가 겨울엔 집이 너무 추워서 두 겹의 이불(그렇다! 이불을 두 겹으로 덮고 잔다) 밖으로 팔을 내밀기도 싫다. 하물며 속옷 차림으로 후다닥 화장실까지 다녀오기는 더더욱 싫어진다. 어차피 잠이 깨서 화장실을 갈지 말지 같은 하찮고 한심한 고민을 할 시간은 많으니, 일단 당장 결정하지 않고 내버려둔다.

하루를 시작할 생각은 없다. 어딘가에 불을 켜고 내가 생활을 하면 곤히 자던 남편도 깨고 말 테니 말이다. 방도 문도 없는 집이다 보니 이런 불편함이 있다. 꼼지락거리며 몸을 비틀어, 이불 위 내 발치쯤에서 자고 있는 봄에게 다시 이불을 덮어주고, 팔을 뻗어 창문 커튼을 살짝 걷는다.

이제 나만 아는, 비밀의 시간이 시작된다. 입동을 지나 입춘이 오기까지 그 위치가 조금씩 달라지긴 하지만, 이때쯤이면 대체로 우리 집 창을 지나는 달을 만날 수 있다. 새벽 세 시의 달을 말이다.

잠이 깨어 뒤척이던 어느 새벽, 우리 지붕 위에서 우는 듯 너무도 가까이 들리는 고양이 울음소리에 커튼을 걷었다가 달을 만나게 되었다. 커튼 사이로 새어 들어오던 환한 빛이 길가 가로등 불빛이 아니라 달빛이었다는 사실에 기분이 묘했다. 게다가 그날, 처음 만난 달이 비현실적인 느낌이 들 만큼 너무 크고 환했기에 더욱 그랬다. 달이 밤마다 창밖에 그렇게 있었다는 사실에 괜스레 울컥하기도 했다.

대보름이나 추석 때, 또는 몇 년 만에 보는 슈퍼 문이라며 텔레비전에서 큰 사건이라도 되는 양 떠들어댈 때, 나는 남편과 집을 나서서 골목골목을 누비며 달이 보이는 하늘을 찾아다니는 편이다. 결혼 첫해부터 그래 왔다. 그런 날이면 달에게 소원을 빌어야 할 것 같았기 때문이다.

하느님도 부처님도 믿지 않는 우리로서는, 우리 자신 외에 하나쯤 기대야 할 것이 필요했는지도 모른다. 잘 살아내는 건 우리가 할 일이고, 그러니 그 일을 해낼 우리 자신을 굳게 믿기만 하면 되지만, 그래도 그런 우리를 지켜주는 존재를 하나쯤은 갖고 싶었던 모양이다. 올해도 건강하게 우리 자신을 잃지 않고 우리답게 잘살도록 응원해 달라고, 지켜봐 달라고.

하지만 대체로 이른 저녁 서둘러 찾은 달은 누군가

의 집에 가려 잘 보이지 않았고, 우리는 골목을 꽤 걸어서야 달을 만날 수 있었다. 그랬는데, 내가 알지 못하는 순간들에 달이 늘 나를 지켜보고 있었다는 느낌을 받은 것이다. 그저 커튼만 걷으면 되는 일이었다.

그날 이후, 잠에서 깨면 커튼을 열고 달을 본다. 달이 하늘을, 내 창을 지나는 순간을, 달이 드리운 그림자를, 바닥에 떨어진 내 그림자를 가만히 바라보기만 한다. 바라보는 일은 너무 신비롭고, 비밀스럽기까지 하다.

그렇게 어느 정도 시간이 지나면, 오토바이 소리가 들리고, 오토바이 소리를 뚫고 나오는 노랫소리가 들리고, 그 소리들이 가까워지다 잠시 멈추면서 대문 안으로 신문이 툭 떨어지는 소리가 들린다.

오토바이 소리와 신문 떨어지는 소리 사이에 기막힌 성악소리가 겹쳐진 건 작년 즈음부터다. 그 소리를 들을 때마다 머릿속에는 신문 배달을 하는 젊은 폴 포츠가 그려진다. 그가 성악을 공부하는 학생인지, 그저 성악에 취미를 가진 청년인지는 알 수 없지만(어쩌면 중년일지도), 새벽 세 시의 추위를 잊는 그만의 방법에 감탄하며, 오토바이 소리도 노랫소리도 한참 멀어져 더 이상 들리지 않을 때까지 새벽 공기를 뚫고 청량하게 울려 퍼지는 노랫소리에 귀를 기울이다가 얼굴도 모르는 그의 하루를 가만히 응원한다. 시작될 나의 하루도.

그러다 보면 달은 걸음을 서두르고 있다. 이번엔 내가 달이 가는 길을 지켜봐 줄 차례다. 어느새 감기는 눈에 힘을 주고 조금씩 조금씩 서쪽 하늘로 향하는 달의 길을 함께한다. 그런 뒤 자세를 바로 하고 다시 잠을 청한다. 달의 여행을 잠시나마 함께해 준 것 같아, 달이 제 길을 잃지 않고 가는 모습을 지켜봐 준 것 같아 뿌듯한 기분이 든다. 새벽 세 시, 달의 여행을 마주하게 해주는 창을 가진 것만으로도 나는 특별한 사람인 것만 같다.

불현듯 잠에서 깨던 새벽은 어둠 속에서 불쑥불쑥 떠오르는 생각들로 무거워지는 시간이었다. 그 마음들을 곱씹고, 말들을 되새김질하며 미처 하지 못한 변명을, 다스려지지 않는 원망을 부질없이 쏟아내고 주워 담다 그렇게 헝클어진 마음으로 지쳐 잠들기 일쑤였다. 하지만 이제는 달을 보느라 아무 생각을 하지 않는다. 새벽은 더없이 환하고 아름답고 낭만적인 시간이 되었다. 작은 다락방, 하늘에 닿아 있는 작은 창 덕분이다.

처음 이곳이 내 방이었을 때, 이 창으로 이름을 알 수 없는 새들의 지저귐과 앞집 어르신의 힘찬 출근 인사, 지나는 사람들의 웃음소리를 따라 그 소리들 사이에 머물러 있던 평온하기까지 한 고요와 그 소리들이 머금고 있던 행복이 흘러들어왔다. 일을 하다 종종 고개를 돌려 하늘과, 그 아래 동네를 둘러싼 산과, 거기서 이어지는 집들과, 우리 집 지붕을 보면서 그 고요와 행복을 들이마시곤 했다. 그러는 사이 그곳까지 짊어지고 왔던 집착과, 미련과, 어리석음 같은 것들이 그 창을 통해 빠져나간 건지도 모르겠다.

때때로 그 창은, 네팔의 바람과 티베트의 냄새, 미얀마의 소리를 전해주는 창이 되기도 했고, 제주의 하늘과 추암의 바다로 향하는 창이 되기도 했다. 나는 그 창으로 우리 집 지붕 위에 눈이 쌓이는 시간을, 동네 뒷산이 짙어지는 계절을 바라보며 그 옛날 먼 여행지에서처럼 미소를 한껏 물고 감탄사를 흘렸다. 아니 흘리고 있다.

창은, 늘 그랬을 것이다. 20여 년 전 방에 웅크리고 있던 내게도, 10여 년 전 암담하던 순간에도, 온기와 바람을 전하며 나를 위로하고 조금이나마 새롭게 하려 애썼을 것이다. 하지만 그날들에 나는 창가에 서서 창을 내다보면서도 내 안으로 시선을 떨구느라 아무것도 보지 못했고, 그곳을 벗어나 멀리 떠난 곳에서야 창으로 쏟아지는 햇살을 부러워했다.

달은 늘 그 창을 지나갔지만 한참 뒤에야 내가 그 특별한 시간과 마주하게 된 것처럼, 하루하루 살아가는 이 집은, 내가 발견해주기를 기다리며 여전히 무언가를 품고 있을 것이다. 어느새 익숙해졌다고 무심해지려는 마

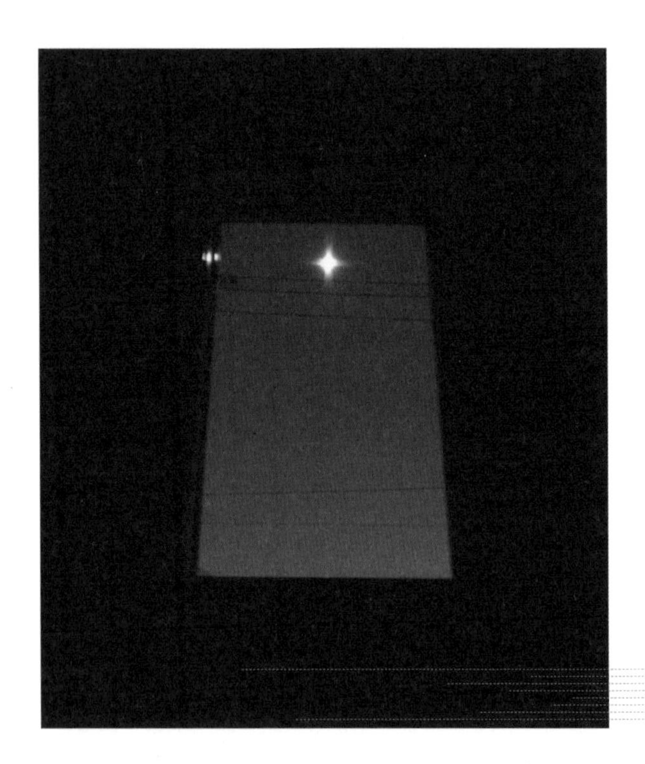

음을 흔들어 깨워야 우연히라도 그 보물들을 발견하는 기쁨을 누리게 되지 않을까.

그 자그마한 창으로 오늘도 달이 지나가고, 해가 들며, 하늘이 펼쳐지고, 바람에 섞인 소리와 온기가 들어온다. 그 소리들은 나를 온갖 곳으로 데려갔다가 이곳으로 데려놓는다.

온전한 초록을 만나는 삶

나무와 함께 살면서, 계절은 나의 시간 안으로 성큼 들어왔다. 겨울을 난 나무들이 피워낸 봄눈에, 하루가 다르게 무성해지는 연둣빛에, 연둣빛 열매가 빨갛게 물들어가는 모습에, 봄의 그 작은 걸음걸이를 전부 목도하는 듯했다.

우리 마당은 무척 작다. 산술적으로 따지면 9평은 되어야 하지만, 땅 넓이에서 집 넓이는 물론 옆집과의 이격 거리, 집을 둘러싼 벽돌 두께, 마당 구석에 만든 작은 창고 등을 빼면 실제는 얼마 되지 않는다. 내 걸음으로 둘, 넷 정도다. 게다가 이층집 사이에 끼어 있어 늦은 오전 무렵부터야 해가 들고, 해가 낮게 뜨는 겨울에는 내내 어두운 회색빛이다.

마당에 초록초록한 잔디를 깔지 않고 회색 시멘트로 덮어버린 건, 집 공사를 함께 했던 모든 반장님(목수, 철골, 미장 등등)과 인부 아저씨들의 공통된 의견 때문이었다. 건물이 깔고 앉은 세월이 너무 길어 흙 상태가 좋지 않고, 해가 별로 들지 않아 다들 잔디가 금방 죽을 거라고 하셨다. 또 여름철엔 배수가 잘 되지 않을지도 모르고, 땅 아래 뭐가 묻혀 있을지 알 수 없어 쾌쾌한 냄새가 날지도 모른다고 했다. 그동안 수백 집 혹은 수천 집 공사를 다니신 분들의 조언이다 보니 모른 척할 수가 없었다.

최선이었지만(정말 그랬을까?) 그래도 회색 시멘트 바닥은 너무 싫었다. 내가 바라던 마당은 이런 게 아니었으니까. 하필 이 집에 들어온 계절이 겨울이라 짙은 회색이 더 무겁게 보였다.

겨울이 지나자마자 우리는 방산시장에 가서 인조 롤 잔디를 사와 마당에 깔았다. 천 원짜리 작은 꽃 화분도 한 판이나 사서 마치 가짜 잔디에서 돋아난 것인 양 앙

큼하게 배열해 놓았다. 가짜 잔디였지만, 그래도 초록은 싱그러웠다. 동네 목재소에서 자투리 방부목을 싸게 구해와 거실 폴딩 도어 앞쪽 쪽마루와 연결되게 긴 평상을 만들어 놓고는 그곳에서 밥도 먹고 차도 마셨다. 평상 아래로 펼쳐진 가짜 잔디로도 적당히 초록을 즐기는 기분을 낼 수 있었다.

하지만 모기 때문에 폴딩 도어를 마음껏 열 수 없는 여름이 오고, 평상이 온통 젖어버리는 장마가 지나는 사이, 가짜 잔디들은 금세 생기를 잃었고, 잔디 사이사이에 낀 먼지들이 쌓여 거친 마당 빗자루로도 쓸리지 않았다. 거센 물줄기를 쏘아대도 떨어지지 않았다. 새들이 푸드덕 날아가며 떨어뜨린 작은 깃털들마저 촘촘히 박혀 골칫덩이가 되었다. 결국 우린 다음 해에 가짜 잔디를 싹 거둬 버렸다. 다시 마당은 휑한 회색으로 돌아갔다. 가짜는 진짜의 마음을 줄 수 없다는 진리만 새삼 깨달은 셈이다.

가짜 말고 진짜 초록을 가질 방법은 없을지 고민했다. 잔디는 어쩔 수 없다면, 나무는 어떨까. 손바닥만 한 마당에 나무가 가당키나 한가 싶다가도, 나무가 뿌리 내릴 땅을 아예 시멘트로 메워 놓고는 이제 와서 무슨 싶다가도, 동네 산책을 다니며 남의 집 담장 너머로 가지를 뻗은 감나무, 모과나무, 살구나무 등을 볼 때면 우리만의 나무를 갖고 싶은 마음이 모락모락 피어올랐나. 집과 함께 커가는 나무에 대한 생각이 간절해졌다.

"일단 큰 화분에 작은 묘목을 한번 심어볼까?", "나무 한 그루 심을 만큼만 시멘트 바닥을 까낼까?", "담장에 붙여서 작은 화단을 만들면 어떨까?" 그렇게 별별 궁리를 하고 있을 즈음, 새로 이사를 온 옆집이 어느 휴일 담장 한쪽을 새로 쌓았다. 시멘트를 개어 벽돌을 쌓는 일은 꽤 쉬워 보였다. 세차를 핑계로 밖에 서서 그 모습을 보고 있는데 회색 벽돌이 너무 많이 남아 처치 곤란이라며 필요하면 가져다 쓰라고 하는 게 아닌가. 순간 남편과 나는 서로를 쳐다봤고, 그날 우리는 여러 선택지 중 하나였던 화단을 갑자기 만들었다.

치밀하게 구체적으로 구상할 겨를도 없었다. 마당이 워낙 좁으니 폭은 최소한으로 하되 담장 길이만큼 길게 하여 여러 나무를 심고, 그중 하나쯤은 좀 큰 나무를 심을 수 있게 폭을 배로 하자는 합의 정도. 벽돌을 가로로 세워 다섯 칸으로 쌓는 데는 몇 시간도 걸리지 않았다.

화단을 만든 그날 밤, 우리는 어떤 나무를 심을지 논의했다. 각자 바라는 나무가 마음속에 하나씩은 있었기에 나무를 결정하는 일도 금방이었다. 나는 수국을 심고 싶었다. 수국은 내게 아무 기대 없이 걸어간 길 끝, 그 모퉁이에서 만난 웃음 같은 이미지로 남아 있다. 대학을 졸업하고 회사를 다니던 즈음까지 살던 오래된 아파트 단지에 놀이터가 하나 있었는데, 여름날 무감한 얼굴로 놀

이터 옆길을 지나 모퉁이를 돌던 나는 종종 하얗게 벙그러진 수국에 걸음을 멈추곤 했다.

내 키보다 더 큰 무성한 초록 사이에 피어난 그 꽃들은 동그란 웃음 같았고, 눈부신 위안 같았으며, 힘찬 응원 같기도 했다. 수국 따라 잠시나마 마음도 환하게 벙그러졌던 기억. 그 시절 내가 무척 좋아했던 이문재 시인의 〈수국〉이란 시의 한 구절처럼 수국은 어떤 마음으로 인해 피어난 꽃 같았다.

남편은 무엇이 되었건 과실나무를 심고 싶어 했다. 꽃이 피고 열매 맺는 수확의 기쁨을 오롯이 느껴보고 싶다고 했다. 너무 커지지는 않는, 우리 화단에 적당한 것을 찾다 보니 앵두나무가 후보에 올랐다. 그리고 자연스레 추억 하나가 떠올랐다.

우리가 친구에서 연인이 되기로 했을 때 함께 대관령 목장을 지나 동해로 여행을 다녀온 적이 있는데, 그때 어느 휴게소 뒤편에 앵두나무가 있었다. 마침 5월이라 열매가 주렁주렁 열렸고, 그걸 본 남편이 껑충껑충 뛰어 높이 달린 열매를 한아름 따 물로 씻어 내게 내밀었다. 아마 내가 앵두를 처음 맛본 순간일 것이다. 두 손 가득 앵두를 담아 내밀던 남편의 마음도, 시큼한 맛에 찌푸려지는 서로의 얼굴을 보며 터뜨린 웃음도, 그 빨간 웃음을 비추던 햇살도 소중한 기억이니 내게도 남편에게도 특별한 앵두나무를 우리 마당에 심는 건 너무 당연한 일 같았다.

고양시에 있는 어느 화원에 전화를 걸어 우리가 만들어놓은 화단 크기를 설명하고는 원하는 나무들을 심을 수 있는지 물었고, 1년생 앵두나무 묘목이면 될 것 같다는 답을 들었다. 나무는 가지만큼 뿌리가 자라니 가지치기를 잘하여 나무가 너무 커지지 않게 관리하면 문제없다고 하셨다.

우리는 동네를 산책하다 알게 된 남천나무와 진한 봄 향기를 뿜어낼 미스킴 라일락도 심기로 했다. 그렇게 마당이 생기고 3년이 지난 봄에야 진짜 초록이 우리와 함께 살게 되었다.

5월 초, 벌써부터 하얀 꽃송이를 달고 우리 집에 온 수국은 여름이 되기도 전에 꽃잎을 모두 떨어뜨렸고, 미스킴 라일락은 보름쯤 마당을 오가는 우리에게 달콤하고 진한 봄을 안겨 주었으며, 앵두나무는 꽃과 열매 없이 초록으로 한 해를 보냈고, 화원 사장님의 권유로 추가한 줄기 장미는 여름 지나 가을까지 몇 번을 피고 졌다. 잎이 모두 진 겨울에도 초록을 달고 있는 남천나무 덕분에 마당은 내내 초록을 잃지 않았고, 초록 위로 눈이 쌓이는 일이 우리 집 안에서 이뤄지는 감동도 느꼈다.

무엇보다 더한 감동은 다음 해 봄에 찾아왔다. 겨우 30센티미터 폭의 비좁은 화단에서 나무들이 과연 뿌리를 제대로 내렸는지, 혹독한 겨울을 이겨냈는지 조마조마해하던 때, 여리디여린 봄눈이 가지마다 촘촘히 고개를 내민 것이다. 몽글몽글 올라온 연둣빛에 울컥하는 마음까지 인 건, 나무가 보여준 생명력에 대한 찬사였던 것 같다.

그해 봄, 앵두나무는 벚꽃처럼 생긴 꽃을 피웠고, 딱 일곱 알의 열매를 맺었다. 앵두나무 열매로 술을 담글까 하는 얘기를 했던 우리는 조금 어이가 없었지만, 그래도 열매를 맺은 게 어디냐며 성대한 잔치라도 하듯 둥글게 둘러앉아 사진을 찍은 후 봄이 한 알, 나 세 알, 남편 세 알 사이좋게 나눠 먹었다. 미스킴 라일락은 어김없이 달콤하고 진한 봄을 안겨주었고, 장미도 몇 번을 피고 졌다. 나무들 덕분에 회색 시멘트 마당은 전체가 늘 싱그럽게 빛났다.

나무와 함께 살면서, 계절은 나의 시간 안으로 성큼 들어왔다. 겨울을 난 나무들이 피워낸 봄눈에, 하루가 다르게 무성해지는 연둣빛에, 하얀 꽃에, 연둣빛 열매가 빨갛게 물들어가는 모습에, 봄의 그 작은 걸음걸이를 전부 목도하는 듯했다. 미묘하게 달라지는 초록을 통해 매일 매일 여름의 농도를 민감하게 알아채게 되었다.

흐드러지게 핀 꽃을 보면서 봄이구나, 붉게 물든 단

풍으로 가을이네, 하며 이름처럼 내게는 일 년에 네 번쯤 인식되었던 사계절은, 우리 집 마당에 함께 살고 있는 나무들 덕분에 365일 촘촘히 이어진 어떤 삶으로 다가왔다. 그리고 그 매일의 시간을 느끼는 것만으로도 내가 모든 계절을 온전히 살고 있는 듯한 기분이 들었다.

가지마다 몽글몽글 피어난 봄눈엔, 나무들이 숨을 잘 쉴 수 있게 틈틈이 가지치기를 하고 벌레를 살피고 마른 흙 위로 흠뻑 물을 주었던 나의 여름과, 떨어진 나뭇잎을 쓸어다 흙 위에 덮어주던 지난 가을과, 조마조마한 마음으로 나무를 살폈던 겨울날의 시선이 모두 담겨 있는 듯했다.

봄은 그저 겨울만을 이겨낸 계절이 아니라 지난해를 온전히 지나서야 다시 만나게 되는 삶 같았다. 초록은 그저 늘 싱그럽기만 한 상태가 아니라 지난 시간을 온전히 살아낸 뒤에야 갖게 되는 눈부신 미소 같았다. 짙어져 가는 여유 같았다. 온몸을 같은 색으로 치장해도 가짜는 도저히 가질 수 없는.

나무는 겨우 그 자리밖에 내어주지 않은 마음이 부끄러워지게, 정말 미안할 만큼 잘 자라고 있다. 조금씩 과감해지는 가지치기 덕분인지 앵두나무는 위로 더 커지지는 않지만 조금씩 줄기가 굵어지고 있고, 올해는 지난해보다 꽃도 배로 피고 열매도 배로 열렸다. 이런 식이면 적어도 우리가 이 집에 사는 동안 한 번은 앵두주를 담글

수 있지 않을까 싶다.

수국은 웬일인지 꽃을 달고 온 첫해 이후에는 한 번도 꽃을 피우지 않는다. 기대했던 동그란 웃음은 볼 수 없지만 그래도 상관없다. 어김없이 시작되는 봄눈과 힘껏 몸을 펼치는 연둣빛 잎과 갈색으로 단단해지는 연둣빛 가지가 매일 아침 내 발길을 멈추게 하는, 내 마음을 벙그러지게 하는 웃음이며 위안이고 응원이니 말이다.

나무들은 해마다 초록을 피워낼 것이다. 몇십 년 뒤 이 집의 새로운 이야기가 되어 있을 것이다. 그렇게 초록 안에서 내 삶도 피어나고 무성해지고 영글어가겠지. 나무처럼 우리의 삶도 집도 자라나겠지.

처음 만난 고양이의 세상

창으로 제법 따사로운 햇살이 스며들고, 간간이 머리 위로 작은 지진이 이는 듯한 '우다다' 소리가 이어진다. 그들 덕분에 내 이야기는 조금 더 따뜻해진 듯하다. 그들 덕분에 이곳에서의 여행이 새로워졌다. 처음 만난 이 세계 덕분에.

여름이면 개미 때문에 골치가 아프다. 집 안에 개미가 있는 건 아니고(어쩌면 이편이 고민을 해결할 방법을 찾는 데 수월할지도 모르겠다), 우리 집 담벼락 아래에 놓인 고양이 밥그릇에 개미가 바글거린다. 개미를 먹어도 탈이 나지 않는지 어떤지는 잘 모르겠지만, 고양이가 아무리 잡식성이라 한들 살아 있는 곤충을 먹는 걸 좋아할 것 같지는 않아 종종 밥그릇을 살피고, 개미를 골라 밖으로 내버린다.

그래도 몇 시간 뒤에 보면 또 개미들이 사료 그릇 안에서 우글거리고 있다. 아스팔트와 담벼락 사이를 비집고 돋아나는 들꽃은 감동적이지만, 그 사이에 길을 내어 뚫고 나오는 개미들의 생명력에는 한숨이 나온다.

어쩌다 캣맘이 된 지 5년이 되었다. 사실 나는 고양이를 좋아하지 않았다. 아니, 오히려 싫어하거나 조금 무서워하는 편에 속했다. 내가 어릴 적에는 봄이 되면 시장 입구나 학교 앞에서 종이상자에 병아리들을 놓고 팔았는데, 고양이가 병아리를 냉큼 물고 가는 것을 몇 차례 목격했더랬다. 어린 마음에 어찌나 놀랐던지, 그 이후 고양이는 공포의 대상이 되어, 어른이 되어서도 길에서 고양이를 마주치기라도 하면 흠칫 놀라곤 했다. 여름날, 밖에서 들려오는 고양이들의 온갖 소리는 신경에 거슬렸고, 소름 끼친다고 느끼기까지 했던 것 같다. 이런 내가 캣맘이 되었다니 놀라울 따름이다.

이 동네에 살면서 유독 고양이들을 많이 만났다. 우리 동네에 고양이가 많아서라기보다는 내가 회사에 틀어박혀 있지 않게 되었기 때문이고, 장을 보러 가거나 봄이 산책을 위해 수차례 밖을 돌아다녔기 때문일 것이다.

대체로 고양이들은 담장이나 지붕 위에 가만히 앉아 해를 쬐거나 차 밑에 늘어지게 누워 있었다. 내가 자기들을 해코지하지 않을 거란 믿음이 생기면 일단 그다음부터는 나를 전혀 신경 쓰지 않았고, 그들의 무심함 덕분에 나도 겁먹지 않고 적당한 거리에서 그들을 바라볼 수 있었다.

볼수록 그들은 내가 갖고 있던 선입견과 달랐다. '야옹' 하는 소리는 세상 무엇보다 상냥한 '안녕'이었고, 예의와 거리를 지킬 줄도 알았으며, 어디서건 편안하게 오후를 즐길 줄 알았다. 날카롭다고 여겨지던 일자 눈동자가 반짝이는 보석처럼 느껴질 즈음, 우리 집 담벼락 옆에 세워둔 차 밑에 치즈 고양이가 쉬어가기 시작했다. 겨울이 막 시작될 무렵이었다.

고양이들은 대체로 지정석이 있는 듯했는데, 치즈 고양이가 우리 집을 자기 지정석으로 삼기로 했는지 다음 날에도, 그다음 날에도 녀석은 그 자리에 있었다. 아마도 우리 차가 웬만해서는 움직이지 않으니 쉬기에 괜찮다고 생각한 모양이다.

날이 조금씩 추워지고 있었다. 길고양이들의 겨울

에 대해서는 한 번도 생각해본 적이 없었는데, 마음이 쓰였다. 봄이가 보호소로 들어온 건 1월이었고, 그때 나이가 6~7개월가량이었다. 봄이가 겨울을 길에서 났는지, 얼마나 길에서 보냈는지 알 수 없지만 며칠이라도 춥고 배고팠을 봄이를 생각하니 길고양이들을 모른 척할 수가 없었다. 누군가 봄이를 챙겨줬기에, 봄이를 구조해주었기에, 우리가 봄이를 만날 수 있었다는 생각이 들었다.

밥그릇과 고양이 사료를 하나 사서 차 밑에 놔뒀다. 며칠 뒤 물그릇도 추가했다. 혹시 몰라 담벼락 사이에 종이박스를 넣었고(잠자리용), 다음 해 봄 남편이 담벼락 아래에 구멍을 뚫어 고양이 통로를 만들어주었다. 차 밑에 넣어놓은 사료 그릇이 길가로 굴러다니는 걸 몇 번 목격하고 난 뒤 스티로폼 박스에 그릇을 넣어 담벼락에 고정 급식소도 만들었다.

꽤 많은 고양이가 왔다 갔다. 처음 우리를 찾아온 치즈 고양이는 겨울 이후 더는 오지 않았고, 다음 해 봄에 형제 고양이가 1년 넘게 고정 시간에 늘 밥을 먹으러 왔다가 검은 고양이와 싸운 이후 자리를 옮겼다. 정작 그들을 쫓아낸 검은 고양이는 한 달도 안 있다 역시나 다른 곳으로 갔으며, 새끼를 밴 어미 고양이가 찾아와 마침 세입자를 찾지 못해 몇 달째 비어 있던 옆집 마당에서 새끼를 낳기도 했다. 고정 멤버 외에도 꽤 많은 냥이가 우리 급식소를 이용하는지, 어떨 때는 2킬로그램짜리 사료 한

봉지가 일주일을 못 가 떨어지기도 했다.

캣맘이 된다는 건, 이유 없이 이웃에게 죄인이 되는 일이기도 했다. 몇 해 전 여름 우리 집 대문에 쪽지가 붙었다. 길고양이에게 밥을 챙겨주는 것은 고마운 일이나 고양이들이 마당에 똥을 싸 피해가 있다는 내용이었다. '습니다'가 아닌 '읍니다'라는 어미와 글씨체에서 이 쪽지를 쓴 사람의 나이가 추정되었고, 이 쪽지를 붙이기까지 고민했을 심정과 고통(?)도 알 수 있을 듯했다.

이제 고민은 우리 몫이었다. 이웃에 피해를 주고 싶지는 않았다. 물론 이 골목 고양이들이 다 우리 집에서 밥을 먹는 것도 아니고, 누군지 모르지만 그 댁에 똥을 싸는 고양이가 우리 집에서 밥을 먹는 녀석인지 아닌지도 알 수 없었다. 하지만 어쨌든 우리 집 마당에는 흙이 없는 관계로, 녀석들이 우리 집에서 밥은 먹지만 다른 곳에서 볼일을 본다는 것은 분명한 사실이었고, 우리가 열심히 밥을 주고 있다는 것도 명백한 사실이었다.

하지만 우리가 길들여 놓은 녀석들을 모른 척하는 것도 쉽지 않았다. 아침에 일어나 문을 열고 나가면 고양이들이 기다리고 있는 생활이 몇 달 이어진 상황이었다. 자칫 내가 늦잠이라도 자면 채 떠지지 않는 눈과 부스스한 머리 그대로 나가 고양이 밥부터 줄 정도니 말이다. 그러니까 그때가 고양이 형제가 우리 집에서 1년째 꾸준히

밥을 먹을 때였다. 이들은 새끼 때부터 죽 우리 집에서 먹었으니, 다른 곳을 찾기도 어려울 테고 눈칫밥을 먹을 수도 있는 노릇이었다.

일단 사료 그릇을 안으로 들이고, 대문에 도어스토퍼를 달아 고양이가 드나들 수 있는 정도로 문을 열어놓았다. 여름이었고, 이 집에 산 지 몇 해가 되다 보니 대문을 열어놓는 일이 별로 무섭지 않았다. 냥이들은 스스럼없이 들어와 밥을 먹었다. 혹시나 싶어 사료 옆에 배변 패드를 놓아보기도 했는데, 그 감촉이 좋은지 밥을 먹고는 배변 패드 위에 누워 쉬었다 갔다. 마침 그곳이 그늘이라 더위를 피하기 좋았던 모양이다.

문제는 밖에서 무슨 소리가 들리면 냥이들이 놀라 후다닥 나가버린다는 것이었다. 문 밖이 차로였기에 그러다 사고가 나는 건 아닐까 조마조마했다. 후다닥 뛰쳐나가는 고양이 때문에 우체부 아저씨가 놀란 적도 있었다. 마당을 어슬렁대는 고양이 때문에 봄이가 스트레스를 받는 것도 걱정되고, 봄이 격렬하게 짖어대는 통에 우리가 받는 스트레스도 늘어갈 즈음, 다행히 시원한 바람이 불기 시작했고, 우리는 똥냄새가 거슬리는 계절이 지났다고 합리화하며 슬그머니 다시 사료 그릇을 밖으로 내놓았다.

다음 해에 건너 옆집이 새로 이사를 왔다. 반대편 옆집과 그 옆집도 이사를 왔다. 신기하게도 다들 고양이를 키우고, 길냥이 밥을 챙겨주는 사람들이었다. 동지가 생긴 듯 마음이 든든했다. 고양이 싸우는 소리에 싸움을 말리려 뛰쳐나오는 것도 나뿐만이 아니어서 다행이었다. 그해 여름은 별일 없이 지나갔고, 그다음 여름에도 아무 일이 없었다.

우리 동네에는 체계적인 캣맘이 활동한다고 한다. 그래서인지 대부분의 아이들은 중성화수술이 되어 있다. 며칠 안 보인다 싶던 녀석은, 귀 한쪽 끝에 중성화수술을 했다는 표식을 하고 나타난다. 그래서 대체로 녀석들은 영역 다툼 없이 잘 지내는 것 같다.

그래도 어쩌다 녀석들이 앞집 혹은 어딘가의 마당에서 싸우는 소리가 들리면, 나는 가슴이 덜컥 내려앉고, 그들의 싸움을 말려야 한다는 투철한 사명의식에 사로잡혀 밖으로 나가 커다란 소음을 만들어 녀석들의 주의를 끈다. 녀석들이 문제를 일으킨다면, 그래서 누군가가 또다시 우리 집 대문에 밥을 주지 말라는 쪽지를 붙인다면, 아니 이번엔 참을 수 없다는 듯 찾아와 대놓고 항의를 한다면, 정말 난처할 것 같기 때문이다. 이웃의 고통을 모른 척할 수도, 제시간에 밥 먹으러 오는 냥이들을 모른 척할 수도 없는 노릇이니 말이다.

장을 보러 가다 옆 골목에서 아는 냥이를 만나면 무척 반갑다. 무슨 사정으로 이소했는지 알 수 없지만, 그곳에서라도 잘 지내어 건강해 보여서, 무더위를 잘 이겨내서, 추위를 잘 견뎌주어서 감사하다. 내가 아는 척을 하면 신기하게 고양이도 나를 알아본다. 내가 불렀던 이름(흰둥이, 노랭이 같은)으로 부르면 지나쳐 가다가도 뒤돌아보고 나와 눈을 맞춘다. 어떨 땐 집까지 따라오기도 한다. 물론 집에 오면 맛있는 캔 사료나 닭 가슴살, 파우치 간식 등을 먹을 수 있다는 걸 알기 때문이겠지만.

많은 시간을 함께한 것도 아니고, 그저 집 한편을 밥 먹는 공간으로 내어준 것뿐인데, 제법 끈끈해진 관계가 신기하고 놀랍다. 이 집에 살지 않았더라면, 아마 나는 내내 병아리를 입에 물고 달아나던 고양이만 떠올렸을 것이다. 길고양이를 도둑고양이라 부르며 그들이 내는 소리들을 혐오했을지도 모른다. 제법 의리가 있고, 나름의 질서를 지키며, 길에서도 품위를 잃지 않는 보석 같은 눈을 지닌 우아한 존재라는 걸 알지 못했을 것이다.

지금은 한낮이다. 창으로 제법 따사로운 햇살이 스며들고, 간간이 머리 위로 작은 지진이 이는 듯한 '우다다' 소리가 이어진다. 녀석들이 신나게 지붕 위를 뛰어다니다 빼꾸기 창틀 위에 누워 태양을 즐기려는 모양이다.

머리 옆에 붙은 지붕이 '우다다' 울리는 소리도, 우리 집 대문 열리는 소리가 간식 시간을 알리는 종소리라도 되는 양 반갑게 뛰어오는 고양이들도, 골목 이웃들보다 고양이들 얼굴을 더 많이 알게 된 나도 모두 신기할 따름이다. 그들 덕분에 내 이야기는 조금 더 따뜻해진 듯하다. 그들 덕분에 이곳에서의 여행이 새로워졌다. 처음 만난 이 세계 덕분에.

해를
누리는
시간

이제는 해를 찾아 멀리 길을 나서지 않아도 된다. 아니 공원이나 산책로조차 필요 없다. 해가 우리 집으로 찾아오는 시간을 기다리기만 하면 된다. 해가 손바닥만 한 마당에 온전히 들어차는 시간을 기다렸다 버선발로 나가 반기기만 하면 된다.

티베트를 빼면 대체로 나는 따뜻한, 혹은 무더운 곳으로 여행을 다녔다. 하필 내가 꼭 보고 싶었던 것들이 후덥지근한 밀림 속에 있거나 강렬한 태양이 내리쬐는 사막이었기 때문이다. 영화 〈화양연화〉에서 앙코르 와트를 보고, 어느 잡지에 실린 미얀마 바간과 둔황 명사산을 보고, 그 장면 안에 있어보고 싶다는 마음이 간절해져 길을 나섰다.

내 마음을 사로잡은 게 그 사원인지, 그 위로 쏟아진 햇살이었는지는 알 수 없다. 그곳에서 나는 사원을 바라보며 감탄을 쏟아냈고, 허용되는 가장 높은 곳에 올라 한참을 멍하니 앉아 미소를 흘렸는데, 되돌아보면 사원이나 모래산을 처음 만났을 때보다 그 안에 속해 그 위로 쏟아지는 태양을 오롯이 받아냈을 때 마음속에서 몇 배쯤 더 큰 감동이 일었던 것 같다.

그곳에서 꼭 봐야만 하는 것들을 보고 난 후에는, 주로 야외 테이블이나 숙소 테라스, 또는 옥상에 놓인 벤치에서 시간을 보냈다. 공원이나 강가 같은 곳이기도 했는데, 어쨌든 난 그 무덥고 후텁지근하기까지 한 날씨 안에서 시원한 선풍기 바람을 찾기보다는 태양을 찾아다녔다.

한낮에 그곳들에 앉아 젖은 머리를 말리는 것도 좋았고, 책을 보다 시선을 돌려 파랗게 부신 세상을 보는 것도 좋았고, 하물며 아주 낯설게 내 손을 바라보다 집중

하여 손톱을 깎는 것도 좋았다. 특히 햇볕 아래서 손톱을 깎고 있으면 마치 내 손톱이 햇살 받고 자란 잎이라도 된 듯한 기분이 들었다. 새삼 나도 자라고 있다는 자각에 마음이 놓였다. 시간이 흐르고 있다는 것에 안심이 되었다.

지금 생각해보면 그저 무기력하기만 하다고 여겼던 서른 즈음의 나는 우울증을 앓았던 것 같다. 그때는 우울증이란 말이 공공연하게 쓰이지 않아 그런 상태를 그저 '우울하다' 정도로 표현했다. 하루는 우울하지만 다른 날은 그보다 덜 우울하고 그래서 어떤 날은 우울하지 않을 수도 있으리란 기대를 갖던 날들. 대체로 우울했지만 그 와중에도 재미있는 얘기에 웃음을 터트리긴 했으니까, 나를 뒤덮고 있던 푸른 안개가 걷히면 괜찮아질 거라고, 안개는 언젠가 걷힐 거라고 생각했다.

누군가의 인생에 한 번쯤은 안개가 짙게 드리우는 시간이 있기 마련인데, 그러니까 내게는 그때가 그렇다고. 그렇게 안개를 견뎌야 한다고 생각했던 나는 해가 그리워, 안개를, 습한 우울을 한 번쯤 바싹 말려보고 싶어서, 해를 찾아 여행을 떠났는지도 모르겠다.

그렇게 열심히 해를 찾아다닌 것에 대한 훈장처럼, 내 얼굴에는 잡티가 무성하다. 외모에 별 신경을 쓰지 않아 회사에 갈 때도 민얼굴일 때가 많았으니, 배낭여행을 다니는 동안 내가 선크림 같은 걸 바르지 않는 건 너무도 자연스러운 일이었다.

그때 생긴 점들만으로도 점순이 소리를 들을 판인데, 거기에 더해 점과 잡티와 기미 같은 것들이 점점 늘고 있지만, 여전히 나는 머리 위로 쏟아지는 태양을 오롯이 받는 시간을 포기하지 않고 있다. 이미 안개는 걷혔고, 그때의 습한 우울은 거의 다 말랐지만 그와 상관없이 해를 쬐는 순간은 너무나 좋다. 뭐, 그 따사로운 기운을 싫어할 사람이 누가 있겠냐마는.

게다가 이제는 해를 찾아 멀리 길을 나서지 않아도 된다. 아니 공원이나 산책로조차 필요 없다. 해가 우리 집으로 찾아오는 시간을 기다리기만 하면 된다. 해가 손바닥만 한 마당에 온전히 들어차는 시간을 기다렸다 버선발로 나가 반기기만 하면 된다.

해가 들어차는 오후가 되면, 일단 창고에서 빨래 건조대를 꺼내어 펼쳐두고 부랴부랴 이불을 넌다. 그러고는 나도 캠핑 의자를 펼쳐 해가 옮기는 자리를 따라가며 고스란히 해를 맞는다. 어느 날 먼 여행길에서 그랬던 것처럼 머리도 말리고 손톱도 깎고 책도 본다. 같은 행위를 하지만, 그때와 분명 다르다. 이제는 해가 무언가를 해줄 거란 기대 없이 그저 해를 즐기고 있다.

그런 시간엔 봄이도 마당에 나와 눈을 게슴츠레하게 뜨며 해를 즐기다 뜨끈해진 시멘트 바닥에 아예 배를 깔고 눕는다. 한가롭게 남편과 대화가 이어지는 오후가

되기도 한다. 옆집 이층 테라스에 빨래를 널려고 나온 이웃과 눈이 마주치는 어색한 상황도 몇 번 있었고, 마당에서 나누는 이야기들이 고스란히 옆집 창으로, 대문 너머 길가로 흘러 들어갈 게 신경 쓰이긴 하지만, 햇살이 내려앉는 그곳에서의 시간은 좀처럼 포기할 수 없다.

이 작은 마당에 쏟아지는 해는,
그러니까 우리 해다.
우리만 누리는 우리 해.

집에만 있다고 어느 날은 제대로 세수도 안 하고 선크림은 물론 로션도 바르지 않은 채, 그렇게 매일 해를 맞느라 피부는 더 푸석해지고 잡티는 어마어마하게 늘고 있지만, 그런 건 아무래도 좋다. 해를 찾아 먼 길을 나서지 않아도 되어 좋다. 우리 해가 있다는 것만으로 좋다.

여름이 지나고 추분이 지나면 해가 드는 시간은 겨우 다섯 시간, 네 시간, 세 시간으로 점점 줄어든다. 늦가을 즈음이 되면, 그래서 여행이 얼마 남지 않은 것처럼 더 열심히 해를 누린다. 우리 해지만 우리 맘대로 언제든 누릴 수는 없어 더 소중하다.

최근에 칼림바를 하나 샀다. 그런 악기가 있는 줄도 몰랐는데, 누군가 연주하는 걸 보고 그 소리에 반해 내 사전에 별로 없는 충동구매를 한 것이다. 악기에 딸려 온 악

기 사용법과 연주법 등이 적힌 작은 책자 맨 마지막 장에 악보 두 개가 있는데 하나는 〈작은 별〉이고, 다른 하나는 〈You are my sunshine〉이다.

동요보다는 팝송이 그럴 듯하니 열심히 연습한다. 해가 쏟아지는 시간에 해를 맞으며 〈You are my sunshine〉을 퉁겨대고 있으면 세상 모든 평온이 내게로 깃드는 것만 같다. 타클라마칸 사막에서도, 인레 호수에서도, 카일라스 산에서도 누리지 못했던 그런 평온이 말이다. 먼 길을 돌아, 돌아온 집에서 비로소 편안한 여행이 시작된 것만 같다.

오늘을 찍습니다

같은 공간에 머물러 비슷한 삶을 살고 있는 듯하지만 어제의 나와 오늘의 나는 분명 달랐다. 좁은 공간을 맴맴 돌면서도 '그날의 사진'은 존재했고, 그 사진의 연속성 위에 조금씩 반짝이는 나를 발견할 수 있었다.

서른 즈음에 사진을 배웠다. 안으로만 파고드는 시선을 밖으로 끄집어내기 위해서였으나 시선은 나 비슷한 것들에만 머물렀고, 내 흑백필름에는 지독히 어둡고 흔들리는 사진들만 담겼다. 그래도 글과는 다른 사진의 매력은 좋았다. 글을 쓰는 건 내가 고심해서 고른 언어로 결국 나를 만들어내는 과정이라면, 사진을 찍는 건 나 아닌 것들을 통해 그걸 바라본 나를 발견하는 일이었다.

수십 줄의 글이 한 장의 사진으로 명쾌해지는 희열도 느꼈다. 그리고 결국에는 어둠만 좇던 시선에서 어둠이란 빛의 부재가 아니라 빛의 자라남이라는 깨달음을 얻기도 했다. 내가 웅크리고 있던 어둠 속이 사실은 어둠이 아니라 내게서 자라난 것들의 그림자라는 것. 빛이 있어 가능한 그림자 말이다.

그렇게 사진을 통해 늘 같은 자리에 머물러 있는 듯 답답하고 한심했던 내가, 사실은 자라고 있었음을 깨달을 즈음, 늘 가지고 다니던 수동 카메라(미놀타 X-700)가 고장이 나고 말았다. 애초에 중고로 헐값에 산 거였는데, 고칠 방도가 없었다. 이미 부품조차 단종된 상태였다. 나는 마치 깨달음을 얻고 하산한 수련자처럼 그렇게 사진에게 감사와 작별 인사를 건넸다.

다시 사진 일기를 시작한 건, 이 집에 산 지 1년이 지났을 때였다. 1년 동안 나의 하루는, 한 달은, 365일은 거의 내내 스무 평 작은 공간에 머물렀다. 아침에 일어나

고작 여덟 칸짜리 계단을 올라 내 방으로 가 오전 시간을 보내고, 다시 그 여덟 칸 계단을 내려와 밥을 먹고 네다섯 걸음을 걸어 마당에서 해를 보는 일상이 그렇게 이어지던 날이었다.

삶을 쫄깃하게 하고 척추에 잔뜩 힘을 주어야 할 만큼의 긴장이 사라진 생활 안에서 그 평온의 감사함마저 익숙해져 가끔 하품이 날 때, "하루에 하나씩 좋아하는 걸 하다 보면 분명 인생이 달라져 있을 거야"라는 문구를 만나게 되었다. 책 홍보 문구였는데 책 제목은 기억나지 않는다. 그저 이 글이 좋아 공책에 적어 보는데, 내 일상에서 사진이 있던 날들이 문득 떠올랐다.

그때 내 카메라에는 길 위에서 내게 말을 건네던 화살표와 신호등, 사무실 책상에 놓인 머그컵, 집으로 가는 버스 정류장, 신문지 위에 떨어진 손톱, 길을 가다 멈춘 내 발 같은, 조금도 특별하지 않은 것들이 담겼다. 하지만 그것들이 카메라 안으로 들어오면 특별해졌다. 반복되는 일상이었지만 그날의 나는 달랐고, 내가 머문 시선도 달랐다는 걸 사진을 통해 발견하곤 했다.

사진을 찍으면 뻔하던 사물이 생기를 띠고, 그걸 바라보던 무심하기 그지없는 내 얼굴에도 미소가 번졌다. 그러니까 사진은 미소를 되찾는 일이며 지금의 반짝거림을 잊지 않는 일이었다.

사진은, 집을 채우던 은은한 나무 냄새와 함께 사라

져가던 설렘을 의식적으로나마 붙잡는 방법이 될 터였다. 24시간을 내내 작은 공간에서 맴돌면서도 매일이 달라질 수 있음을 증명할 수 있는 실험일 터였다.

그렇게 오늘이 특별한 하루라는 걸 증명하기 위해, 오늘은 어제와 다르고 내일은 오늘과 다르다는 걸 체험하기 위해, 다시 매일의 사진을 찍기 시작했다. (전과 달리 카메라를 따로 들고 다닐 필요도 없고 사진이 글보다 더 익숙해진 세상이라지만, 매일같이 사진을 찍고 그 사진을 통해 생활을 남들과 공유하는 이들이 너무너무 많아진 요즘이지만, 남을 철저히 배제한, 오롯이 나의 발견을 위한 사진은 좀 다른 것이란 생각이 든다.)

내 카메라에는 예전보다 더 평범한 것들이 담긴다. 처음 시도해본 요리, 새로 발견한 산책길, 처음 찾아온 고양이처럼 새로운 것도 있었지만, 창문에 비친 나무 그림자, 펼쳐든 책의 한 페이지, 올려다본 하늘, 마당에 쏟아진 햇빛처럼 매일 있는 것들과 마당에 널어놓은 빨래, 물꽂이 해놓은 파뿌리, 벗어둔 슬리퍼처럼 하찮은 것들이 대부분이었다. 늘 있으나 그날 그 순간에 내게 새롭게 다가온 것들이거나, 평소엔 눈길조차 주지 않던 하찮은 것이었으나 그 순간 내 시선을 사로잡고 왠지 모르게 마음을 묵직하게 만든 것들이었다.

사진은 컴퓨터 파일로 정리했다. 그날그날 짧은 글

도 적었다. 그렇게 만들어진 한 해의 앨범 파일은 벌써 다섯 개가 되었다. 그 안에는 아무 의미 없이 지나쳤을지도 모를 내 일상이 담겼고, 누군가는 1분이면 휙 둘러볼 이 작은 공간이 갖는 의미들도 담겼다. 집이 달라진 과정과 더불어 자라난 내가 담겼다.

똑같은 맛과 향을 가졌으나 어제의 커피가 오늘의 커피와 다르듯, 같은 공간에 머물러 비슷한 삶을 살고 있는 듯하지만 어제의 나와 오늘의 나는 분명 달랐다. 좁은 공간을 맴맴 돌면서도 '그날의 사진'은 존재했고, 그 사진의 연속성 위에 조금씩 반짝이는 나를 발견할 수 있었다. 모든 게 신기하고 반가운 여행자의 반짝거림 같은 것 말이다.

새로워지지 않아도 새로울 수 있고, 특별하지 않아도 특별할 수 있다는 것도 깨달았다. 아무것도 없는 텅 빈 흰 벽이, 그럴싸한 인테리어 소품이나 가구 하나 없어 정작 카메라를 들이댈 만한 구석이 하나도 없는 거실이, 회색 시멘트 마당이, 날마다 새로운 배경처럼 서 있는 놀라움도 마주할 수 있다.

오늘의 사진은 오늘 가운데 특정 시간을 잘라내어 그 시간을 특별하게 만드는 것 같지만, 결국 그 시간으로 대변되는 전체이다. 더불어 그 시간이 품고 있던 냄새와 소리, 바람 같은 것도 담긴다. 사진은 뺄셈의 작업으로 이뤄진 포용적인 언어로 그 바깥의 세상을 바라보게 하고,

비워냄으로써 채워지는 일을 이해하게 한다.

모든 사진 뒤에 미소가 서리지는 않을 테지만, 게다가 점점 오늘을 찍는지 반려견 봄이를 찍는지 헷갈려지고 있지만, 그렇게 오늘의 사진들이 모여, 한 장의 사진으로 특별해진 날들이 모여, 내 인생은 나날이 새롭게 반짝거릴 거라 믿는다.

이 산책이 가능할 때까지

이 동네의 매력은 넓은 하늘이다. 높아봐야 2층인 집들뿐이니 굳이 고개를 위로 들지 않아도 내내 확 트인 하늘을 바라보며 걸을 수 있다. 내키면 이 골목들을 지나 동네 뒷산으로 오른다.

나는 걷는 걸 무척 좋아한다. 웬만한 거리는 걸어 다닌다. 예전에도 신설동에서 광화문까지 걷는 건 일도 아니었고, 요즘도 망원이나 합정에서 볼일을 마치고는 빠른 걸음으로 30분 정도 되는 거리를 걸어 집까지 온다. 빠르게 좀 오래 걸으면(뭐 30분 정도를 오래라고 말할 수는 없지만) 몸이 가벼워지는 듯한 기분이 들어 좋다.

물론 느린 걸음으로 어슬렁거리며 걷는 것도 좋아한다. 그래서 반려견 봄이를 위한 산책을 빼고도 나는 하루에 두세 번쯤 동네 산책을 나선다. 혼자 할 때도 있지만 대체로 낮 동안 같은 작업실을 사용하는 동료이자 친구인 남편을 꼬드겨 함께 나선다. 어떨 때는 바람을 쐬러, 어떨 때는 졸음을 쫓기 위해, 어떨 때는 그냥 조금이라도 더 걸으려 산책을 한다. 맛있는 커피나 빵이 먹고 싶어서 밖으로 나설 때도 있다.

바람을 쐬고 싶거나 그저 걷기 위해 집을 나섰다면 대문을 등지고 오른쪽을 향해 걷는다. 낮은 집들이 모인 이 골목들은 처음 이 동네를 찾아온 내 눈을 휘둥그레지게 했던 바로 그 주인공들로, 오늘날에도 그날 그 모습 그대로이다. 여전히 길에는 햇살이 가득하고, 담장 밖으로 뻗은 나무들은 초록으로 꽃으로 골목을 환히 밝힌다. 고즈넉한 공기와 맑은 새소리도 여전하다.

무엇보다 이 동네의 매력은 넓은 하늘이다. 높아봐야 2층인 집들뿐이니 굳이 고개를 위로 들지 않아도 내

내 확 트인 하늘을 바라보며 걸을 수 있다. 내키면 이 골목들을 지나 동네 뒷산으로 오른다. 둘레길이라 해놓은 표지판을 따라 걸으면 30분 정도가 걸리는 작은 산인데, 어쨌든 그 안으로 들어서면 무성한 나뭇잎 사이로 간간이 햇살이 부서지는 제법 깊은 산길에 있는 기분이 든다. 아침에 작정하고 운동을 좀 하자 싶을 때면 둘레길을 따라 걷기도 하는데, 집에서 꽤 가까운 곳에 숨이 차게 나무들 사이를 걸을 수 있는 산길이 있다는 게 얼마나 좋은지 모른다.

일을 해야 하는데 집중이 잘 안 되거나, 잠이 자꾸 몰려오거나, 그래서 진하고 맛있는 커피를 먹고 싶을 때는, 밖으로 나가 대문을 등지고 왼쪽으로 걷는다. 집들 사이 한적한 골목 하나를 빠져나가면 길은 좀 북적북적해지는데, 그 길 따라 카페며 꽃집이며 빵집이며 작은 공방과 소품 가게들이 촘촘히 모여 있다.

집 주차장이었던 곳이 어느 해 미장원과 자수공방으로 바뀌었고, 오래된 건물 하나가 새로 단장된 후 그곳에 꽃가게와 예쁜 카페, 옷가게, 작은 갤러리 등이 들어섰는가 하면, 어느 해엔 샌드위치 가게가 생기고, 또 어느 해엔 예전에 홍대까지 찾아갔으나 조기 매진 간판만 보고 빈손으로 돌아와야 했던 유명한 바게트 빵집이 이사를 왔고, 또 어느 해는 마트 가는 길목에 맛있는 카레

집과 예쁜 양갱 집이 들어섰다. 커피와 빵을 비롯해 먹는 걸 좋아하는 나로서는 예쁜 카페와 디저트 가게, 맛집들이 동네에 자꾸 생겨나는 게 반갑긴 하다.

이곳이 이렇게 북적거리기 시작한 건 사실 몇 해 되지 않았다. 나도 집도 변한 6년 사이, 이 동네도 꽤 달라졌다. 우리가 이사 올 즈음만 해도 그저 조용하고 오래된 동네였다. 대체로 어르신들이 사셔서 나름 젊은 축에 속하는 우리가 이사를 와 집을 고치는 게 이곳 어르신들의 구경거리가 될 정도였다.

우리 옆집만 해도 60대 부부가 노모를 모시고 사셨고, 앞집 역시 60대 부부가 아직 결혼을 하지 않은 딸과 함께 살았다. 또 다른 옆집 아저씨는 젊은 축에 속하긴 했지만, 부모님이 사시던 집을 (그러니까 본인이 어릴 적 살던 집을) 물려받아 사는 토박이였다. 토박이들이 죽 사는, 변화라곤 별로 없던 이 동네에 불쑥 나타나 왠지 동네와 어울리지 않게 대문을 빨간색으로 칠하는 우리가, 수상쩍게도 노상 집에만 있는 우리가(주변 어르신들은 우리가, 특히 남편이 출근을 하지 않는 걸 꽤나 신기해하신다), 그리 젊은 건 아닌데 아이가 없는 우리가 호기심 대상이었다.

그랬던 이 동네 분위기가 바뀐 건 그로부터 1~2년 뒤였다. 연트럴파크가 생겨나면서 연남동이 확 바뀌더니, 구는 다르지만 맞닿아 있는 우리 동네 연희동에도 그 힙한 기운이 몰려들기 시작한 것이다. 우리 또래가 하나

둘 이사를 오기 시작했고, 갑자기 골목마다 공사 소리가 끊이지 않았으며, 부동산도 늘었다. 산책을 하다 손님을 이끌고 집을 보러 다니는 부동산 사장님과 자주 마주쳤는데, 사장님들 얼굴엔 전과 달리 생기가 넘쳤다.

주말이면 한 손에 테이크아웃 커피를 들고 골목골목 다니다 사진을 찍는 젊은 연인들도, 유모차를 끌고 다니는 젊은 부부도 부쩍 생겨났다. 날 좋은 일요일 오후엔 동네 사람보다 외지인이 더 많은 듯하다. 그들이 쏟아놓는 감탄사와 동네에 대한 칭찬이 창을 통해 흘러들면 기분이 괜히 으쓱하다가도 이 동네에 부는 변화의 바람에 조금은 불안해지기도 한다.

작년 봄쯤이라고 했던가. 같이 요가를 배우는 그림책 선생님이 사시는 골목엔 열 가구 정도가 있는데, 그중 끝 집에 사시는 어르신이 용도변경 청원 서명을 받으러 다니셨단다. 그러니까 그 골목만이라도 1종에서 2종으로 용도를 변경해 달라는 주민 서명을 받아 구청에 낼 심산이셨던 것이다.

2종으로 용도가 바뀌면 일단 4층짜리 다세대 빌라나 건물을 지을 수 있다. 그렇게 되면 아무래도 땅값은 오를 것이다. 옆 동네인 연남동만 하더라도 건물마다 카페와 맛집이 들어서고 사람들이 북적이기 시작하면서 골목 안쪽 집값도 열 배는 넘게 뛰었다는 소리가 심심치 않게 들렸으니까. 실제 내가 아는 한 사람은 2층 단독주택에 5

년 장기 계약을 하고 세를 들었으나, 집주인이 하루가 다르게 뛰는 땅값에 안절부절못했는지 그새를 못 참고 이들을 내보내고는 집을 허물고, 몇 달 되지 않아 4층 건물을 지었다. 새 건물의 공식처럼 1층엔 카페가 2, 3, 4층엔 다양한 음식점이 들어섰다.

재산이라고는 오로지 집 한 채가 전부인 어르신들 입장에서는 몇십 년도 넘게 변화라곤 없던 동네가 갑자기 뜨고 집을 보러 다니는 사람도 늘면서 땅값이 오르니 욕심이 생기시는 게 당연한 일인지도 모른다. 게다가 그걸 욕심이라고 감히 부를 수도 없다는 것도 안다.

아마 서명을 받으러 다니신 그 어르신도 그런 청사진을 그리셨겠지만, 주민 동의를 완전히 구하기는 어려우셨던 모양이다. 당장에 그림책 선생님만 하더라도 서명을 거부하셨다고 한다. 선생님은 조용한 이 동네와 마당이 좋아(부럽게도 선생님 집엔 넓은 잔디 마당이 있다) 아파트에 살다 이사를 오셨다고 하니 빼곡하게 높은 건물과 빌라들이 지어지는 게 좋을 리 없으셨을 터.

서명을 끝까지 마다했더니 그 어르신은 세상 물정 모르는 사람이라며 핀잔을 한바탕 주고 나서야 돌아가셨단다. 이 얘기를 함께 들으며 한 분은(거의 30년째 사시는 분이다) 정말 동네가 많이 변했는데, 조용한 것도 시끄러운 것도 아닌 이도저도 아닌 동네가 된 것 같다고 속상해하셨고, 또 다른 분은 집값이 오르면 좋지 뭘 그러냐고 타박을 하셨다.

남편과 나도 동네 산책을 하다 종종 이런 대화를 나눈다. 어느 골목에 또 새로 공사가 시작되고, 공사가 끝난 건물에는 가정집이 아닌 회사나 스튜디오가 들어서는 경우가 점점 느는 걸 보고 있자면, 주택가 안쪽까지 카페며 상점이며 심지어 음식점이 들어서는 것도, 이곳이 2종으로 바뀌어 단독주택 대신 빌라나 큰 건물들이 빼곡히 들어차는 것도 순식간일지 모른다는 생각이 든다. 그렇게 되면 길가에 내내 쏟아지는 햇살은 건물에 부딪혀 사라질 테지. 하늘은 지금보다 훨씬 작아질 테고, 고즈넉한 바람에 실려 오던 맑은 새소리도 더는 들리지 않을 성싶다.

우리가 갑작스레 맞이한 가난을 잘 이겨내고 다시 서울로 왔을 때 살았던 첫 번째 집은, 제법 한적한 주택가에 있는 4층 빌라였다. 조금만 나가도 지하철역이 있고 음식점이 즐비한 곳이었으니 그리 한적하다고만은 할 수 없지만, 적어도 우리 빌라가 있는 곳은 그랬다.

사정이 달라진 건 몇 해 뒤 건너편 옆옆 건물 1층에 고깃집이 들어서면서였다. 봄이든 여름이든 가을이든, 저녁 무렵 창을 열어놓으면 삼겹살 냄새가 진동을 했다. 평일 저녁에 고깃집에서 고기를 먹는 사람이 왜 그리도 많은지 밤늦도록 퍼지는 고소하다 못해 느끼해져버린 삼겹살 냄새와 시끌벅적한 소음이, 달콤했던 우리의 봄밤을 침범했고 너무 더워 창문을 열지 않을 수 없었던 여름에는 그야말로 지옥을 선사했다.

우리는 그때를 떠올리며 이곳이 그렇게 바뀌면 굳이 이곳에 살 이유는 없지 하는 결론을 내리고는 조금은 씁쓸한 표정이 된다. 우리의 첫 집인 만큼, 우리가 손수 고친 집인 만큼, 게다가 나로서는 나를 알게 해준 집인 만큼, 이 집에 대한 애정은 너무도 각별하다.

하지만 이 집이 우리의 마지막 집이 될 거라 생각하지는 않는다. 정말 마당 넓은 집에서 텃밭을 가꾸며 살고 싶은 마음이 있는 만큼, 또 언젠가 불쑥 집을 보러 나서서 운명 같은 집을 만나게 될 거라는 기대를 품고 있다. 그럴 때 이곳 땅값이 많이 올라 우리가 바라던 것보다 더 넓은 마당을 갖게 된다면야 더할 나위 없을 것이다.

그런데 또 한편엔 이곳만큼은 변하지 않았으면 하는 마음이 있다. 서울에 몇 남지 않은 오래되고 정겨운 주택가를 잘 보존하면 좋지 않을까 하는 마음이 있다. 집은 재산이기에 앞서 삶을 담는 곳이니까. 우연히 길에서 만난 첫사랑이 그때의 느낌으로 늙어 있길 바라는 것처럼 이 동네도 우리가 늙어서 언제든 찾아와 오늘의 날들을 떠올리며 흐뭇하게 거닐 수 있는 처음의 느낌 그대로이

길 바라는 마음이 있다.

하지만 이 동네의 운명은, 이 동네에 자리한 우리 집의 운명은, 안타깝게도 내 소관이 아니다. 개발이냐 보존이냐 하는 어쩌면 모든 마을이 가지고 있는 문제는 대체로 이익의 논리로 인해 개발에 손을 들어주는 식으로 진행되는 것 같다. 그것이 실제 동네 주민의 이익이든, 그 마을에서 사업을 하려는 기업의 이익이든, 권한을 가진 구청 혹은 시청 직원들의 판단에서든 말이다.

몇 해 전 이 동네가 개발 문제로 시끌벅적했었다. 봄이면 흐드러지게 개나리가 피어 개나리 공원이라 일컬어지던 동네 뒷산이 갑자기 파헤쳐진 것이다. 그곳 땅을 사들인 어느 기업에서 그 일대에 고급 빌라 단지를 지으려고 개발 제한으로 묶여 있던 공원의 식물을 일부러 죽게 했다는 이야기까지 돌았고, 인근 주민들이 반대 운동을 벌이며 제법 화제가 되었다.

구청은 공사 허가를 부랴부랴 다시 취소하겠다고 행정소송을 냈고, 결국 취소되었으나 그로부터 2년이 지난 지금도 개나리 공원은 공사하다 멈춘 그 상태로 있을 뿐, 다시 동산이 되지는 못하고 있다. 몇 번의 봄이 찾아와도 그곳에 전처럼 개나리가 흐드러지게 피어날 순 없을 것이다. 산이든 공원이든 숲이든 길이든, 파헤쳐지면 다시는 되돌릴 수 없다. 그럼에도 동네의 운명이 정작 그 동네와 무관한 담당 공무원 손에 달렸다는 게 슬

플 뿐이다.

그렇더라도 나로서는 내 뜻대로 되지 않을 앞날에 대한 걱정은 그만두고, '지금 이곳'을 열심히 누리는 수밖에 없지 않을까 싶다. 손바닥만 한 마당에 들어차는 해를, 창으로 흘러드는 뒷산의 새소리를, 달이 머물다 가는 새벽을, 골목 어디서나 싱그러운 초록을, 반가운 고양이들의 인사를, 의식하지 않아도 언제나 시선 안에 스며드는 하늘을 말이다.

그것들을 누리며, 가벼워지는 생활에 대해, 단정해지는 마음에 대해, 그리하여 조금씩 쉬워지는 삶에 대해 배워갈 것이다.

이 작은 여행이 가능할 때까지.

Epilogue

버거워하지 않고, 평온한 삶

나는 종종 지붕에 머리를 기댄다. 지붕에 머리를 박는 것도 아니고 기대다니!

경사가 심한 박공지붕이라 책상은 벽에 딱 붙었지만 모니터 끝 모서리는 기울어진 지붕에 닿아 있고, 나 또한 눈높이를 모니터에 맞춰 앉다 보니 왼쪽 머리를 조금만 기울여도 지붕에 닿는다.

일을 하다 잠시 쉴 때, 뭔가 생각에 잠길 때, 지붕에 머리를 기대는 습관이 생겼다. 그러고 있으면 검은색 스크린 세이버로 전환된 모니터에 내 모습이 비치는데, 재미있게도 내가 지붕을 받치고 있는 것처럼 보인다.

지붕을 받치고 있지만 조금도 힘겨워 보이지는 않는다. 물론 당연한 상황이지만 말이다. 그런데 그 상황이 좀 묘하면서도 기분이 좋다. 지붕이란 말 대신 삶이란 단어를 넣으면 더욱 그렇다. 조금도 버거워하지 않고 내 힘으로 오롯이 내 삶을 받치고 있다는 말처럼 들려서다.

오랜 시간이 지나, 이 집에 살고부터, 정말 나는 조금은 그런 사람이 된 것 같다. 자신의 삶을 오롯이 끌어

안은 사람만이 가질 수 있는, 느긋함 같은 것이 생긴 듯하다. 어느새 삶은 단단해졌고, 포기는 쉬워졌으며, 수긍은 빨라졌다. 내 노력 밖의 일에 너무 애쓰지 않고, 웬만해선 나를 잃지 않으며, 그렇다고 내 안으로만 파고드는 사람이 되지 않기 위해 마음을 쓸 줄도 알게 되었다. 스스로에게 만족하고, 그래서 행복하다고 말할 수 있는 사람이 되었다. 그저 나이를 먹었기 때문만은 아닐 것이고, 수많은 오늘에서 하나씩 버리고 하나씩 깨달으며 내 자신을, 삶의 무게를 감당할 수 있게 되었기 때문일 것이다.

진부한 말 같지만, 삶의 무게는 감당할 수 있는 만큼만 지우게 된다는 말은 진리란 생각이 든다. 그리고 그 무게는 버티고 설 근육을 키워주기도 한다. 모두는 힘이 들지만, 힘이 되어주는 무게를 들고 자기만의 인생길을 걷고 있다. 이고 있는 삶의 무게에, 때론 기대어 위안을 얻으면서 말이다.

지금도 가만히 지붕에 머리를 기대어 본다. 내가 받치고 있는 것들에 대해 생각한다. 힘이 들지만 힘이 되어주는 것들. 그것들에 의해, 그것들을 위해, 그렇게 일상은 오늘도 이 집에서 이어지고 있다.

집을 고치며
마음도 고칩니다

초판 1쇄 인쇄 2020년 2월 22일
초판 1쇄 발행 2020년 2월 29일

지은이 정재은

펴낸이 한선화
디자인 디자인여름
마케팅 김수진

펴낸곳 앤의서재
출판등록 제2018-000344호
주소 서울 마포구 월드컵북로 400 5층 21호
전화 070-8670-0900
팩스 02-6280-0895
이메일 annesstudyroom@naver.com
블로그 blog.naver.com/annesstudyroom
인스타그램 @annes.library

ISBN 979-11-966585-9-5 03810

이 도서의 국립중앙도서관 출판예정도서목록(CIP)은 서지정보유통지원시스템 홈페이지(http://seoji.nl.go.kr)와 국가자료공동목록시스템(http://nl.go.kr/kolisnet)에서 이용하실 수 있습니다. (CIP제어번호: 2020003404)